皮克威克奶奶4 驚奇魔法箱

Hello, Mrs. Piggle-Wiggle

貝蒂・麥唐納
Betty MacDonald
劉清彥——譯

目次

專家導讀

孩子的各種疑難雜症，都正常得不得了

陳志恆／諮商心理師

當我第一次閱讀「皮克威克奶奶」系列童書時，超希望通訊錄裡頭，就有著皮克威克奶奶的聯絡方式。因為，慈祥的皮克威克奶奶總是老神在在，專門對付難搞的孩子——挑食、愛抱怨、愛生氣、愛哭、欺負人、愛說悄悄話、沒禮貌等，皮克威克奶奶

總有令人意想不到的法寶！如果皮克威克奶奶也有臉書或ＩＧ就好了！

在《皮克威克奶奶4驚奇魔法箱》一書中，皮克威克奶奶的處方依然讓人感到驚豔！那些因為孩子稀奇古怪的問題，被搞得快瘋掉的爸媽們，聽了皮克威克奶奶的建議，本來半信半疑，一旦用了皮克威克奶奶提供的妙方，一試就見效！

所以，即使這是一本童書，大人們閱讀時，也會感到很療癒。因為，書中的情節，反應的就是每個家庭裡的日常。你會點頭如搗蒜的說：「對！對！對！我家裡也有個這樣的孩子！」而你也會比較放寬心，因為，不是只有我家的孩子如此，原來好多的父母都有類似的煩惱。

皮克威克奶奶真有這麼神嗎？想也知道，她那些神奇的道具或配方，根本就不存在。只是，在皮克威克奶奶的眼中，沒有壞孩子；而孩子的各種疑難雜症，都「正常得不得了」！

在第四集中，作者依然秉持過去一貫的創作風格，在書中讓大人有機會去理解孩子的內心世界。例如，拖拖拉拉的孩子，可能是想像力豐富；愛說悄悄話的孩子，可能是想要獲得同儕認同；愛哭的孩子，可能是希望有人懂他；愛欺負人的孩子，也許只是想展現自己的力量；愛作怪的孩子，或許就只是希望吸引他人的目光。

爸爸媽媽可以透過皮克威克奶奶的眼光，明白孩子做出這些「問題行為」背後的原因，以及真正需要做的，不是一直指責孩

子的那些問題行為，而是讓孩子知道或體會，這些問題行為會為自己付出哪些代價。

只要稍加轉化，問題行為也可能成為另一種優勢，前提是，我們得先看懂孩子在意些什麼。

這畢竟是本童書，孩子閱讀過後，會想到些什麼呢？

或許是，身旁也有個喜歡炫耀又討人厭的朋友；班上就有個作威作福、愛占人便宜的同學；鄰居也有個喜歡取笑別人、說三道四的同伴；家裡也有個沒事就哭哭啼啼的弟弟。又或許，自己就是那個整天拖拖拉拉、總要爸媽急得跳腳的慢郎中。

孩子會在閱讀時，把自己置身故事情節中，進一步去思考，當自己面對同樣的問題，或身旁有這樣的人時，該如何理解、看待，以及因應。此刻，孩子便正在經歷「換位思考」的過程，也就是，從不同的角度或立場，去看待及解讀同一個現象的思維能力。

兒童到青少年時期，正在發展多向度思維的能力。如果大人只是對某種行為給予「對」或「錯」的單一評價，孩子的視野將會被限縮在教條的世界裡，而難以去理解不同的人在做出相同行為時，背後都有著不同的思考歷程，而這往往與他們的處境或成長經驗有關。

如果，我們期待孩子們發展出「人文關懷」的素養，那麼他們就不能僅憑眼睛看到的表象去做出結論，而是得進一步去理解「為什麼會發生這樣的事情？」、「不同的人會有什麼不同的觀點？」，其實，這就是「同理心」。而透過閱讀故事或小說，確實有助於孩子拓展這類的能力。

「皮克威克奶奶」系列故事老少咸宜，當大人有機會與孩子共讀或討論這本書的內容時，我深刻期待，千萬不要流於教條式的指導，像是：「所以不能欺負人！」、「要勇敢一點！」、「不要再拖拖拉拉了！」，也不要趁機數落，或要孩子自我檢討；而是透過提出開放性的問題，引導孩子思考，就算得到天馬行空的答案也沒關係。

像是，以書中第四章那幾個太愛說悄悄話孩子的故事為例，讀完之後，可以問這類問題：

故事中的小朋友，為什麼老愛講悄悄話呢？

講悄悄話，對他們為什麼這麼重要？

為什麼大人會覺得講悄悄話沒有禮貌呢？

一直講悄悄話，會有什麼後果？

接著，再連結到孩子的真實生活：你喜歡講悄悄話嗎？和誰講？什麼時候講？透過對話與提問，與孩子討論每個故事，便能深化孩子在閱讀世界中的學習，而非只是把書讀完而已。

第1章

愛作怪療方

這是個美麗的早晨。青鳥棲在盛開的櫻花樹枝頭，輕輕的前搖後擺。番紅花從柔軟的青草地上探出金黃色的頭，對著乍現的陽光頻頻眨眼睛。

卡莫迪太太哼哼唱唱，一邊將培根肉片放進平底鍋煎。「春天是我最喜愛的季節。」她對狗兒曼帝說，牠正趴在廚房的門邊搔癢，等著絆倒路過的人。

卡莫迪太太將吐司放進烤麵包機，拿出覆盆子果醬，然後走到前廳，對著樓上叫喚自己的丈夫：「喬登，早餐好囉！」接著又叫喊兒子：「菲利普，你起床了沒？」

十歲大的菲利普還窩在棉被裡，他睡眼惺忪的喊：「媽，衣服差不多換好了，馬上下去。」

不過，他馬上被自己十一歲又九個月大的姊姊康絲坦打槍。康絲坦正在浴室裡一邊試自己即將在十三歲時塗抹的口紅，一邊大喊：「媽，菲利普根本還沒起床，要他下樓，至少再等十個小時吧。」

菲利普氣急敗壞的大叫：「妳這個愛告密的老間諜。」

康絲坦說：「臭小鬼，你給我小聲點，少惹我。」

樓下又傳來卡莫迪太太更大聲的叫喊：「菲利普，馬上給我起床，康絲坦，把臉上的口紅擦掉。喬登，親愛的，快點來，不然吐司就冷了。」

她回到廚房，搖了搖咖啡壺，好讓它滴快一些，然後走到後門外，用力呼吸著早晨清新的空氣。不過，她的好心情馬上被卡莫迪先生毀了，因為他怒氣沖沖的走進廚房，不小心被曼帝絆了一跤後，又一腳重重踩進放在爐子旁地板上那個裝了水的狗碗。

卡莫迪太太馬上抓起抹布，擦拭地板上的水。

卡莫迪先生憤怒的咆哮：「哼，好一個道早安的方式啊！」

卡莫迪太太說：「噢，喬登，親愛的，真糟糕。你的衣服弄溼了嗎？」

「不重要，」卡莫迪先生沒好氣的說：「一點都不重要了。」

「一點都不重要了？什麼意思？」卡莫迪太太邊擰抹布邊問。

「就那個意思。」卡莫迪先生氣呼呼的，將整壺鮮奶油都倒在自己那盤支離破碎的全麥小鬆餅上。

「你身體不舒服嗎？」卡莫迪太太一臉憂心忡忡的看著他。

「沒有，我才沒有生病，」他說：「至少身體沒有，只有心病。」

卡莫迪太太將吐司抹好奶油，將盤子放進烤箱溫熱，做了美式炒蛋，把培根從平底鍋取出來，放在餐巾紙上吸油，看看咖啡的色澤，在曼帝的碗裡裝滿水，然後說：「喬登，你到底在說什麼啊？完全不懂。」

「我懂，」突然走進廚房的康絲坦插嘴：「因為我也有相同的感覺——真是丟臉得要死。」

「你們父女倆一搭一唱的到底在說什麼？」卡莫迪太太說：「喬登，你要吃蛋了嗎？」

「好吧。」卡莫迪先生一臉憂鬱的說。

卡莫迪太太趕緊將烤箱裡的盤子拿出來，將蛋均分成四等分，撒上一點紅椒粉，再放上四片培根和兩片吐司，然後端著其中兩盤早餐，重重的放在丈夫和女兒的面前。

「來，」她雙手交叉在胸前。「這下可以告訴我，到底發生了什麼事吧。」

康妮用手捏起一片培根，開始咬。「好吧，」她說：「如果妳真的想知道的話。」

「我當然想知道。」媽媽說。

「嗯，」康絲坦說：「重點就是，菲利普正在摧毀我們的生活，而妳卻不肯面對這件事。」

「摧毀我們的生活？妳說菲利普嗎？」卡莫迪太太說：「別胡說八道了。」

「我才沒有胡說八道，」康絲坦說：「菲利普是個超級噁心的作怪鬼，我都不敢帶同學回家，因為實在太丟臉了。就拿昨天晚上的事情來說吧，他讓可憐老爸的臉都丟光了。」

卡莫迪太太目不轉睛看著她的女兒好一會兒，然後開口說：

「康絲坦，妳又擦口紅了，上樓去洗掉。」

「噢，拜託，」康絲坦重重的嘆了口氣。「全美國的女孩都有擦口紅好嗎，除了我以外。我就是個怪胎，一個有噁心老弟的可憐怪胎。」

「對對對，我知道，」媽媽說：「快上樓去把口紅洗掉。」

在她確認自己聽見女兒憤怒而沉重的上樓腳步聲後，便轉過身對丈夫說：「呃，喬登，親愛的，到底怎麼回事？」

卡莫迪先生說：「梅格，菲利普愛作怪到令人討厭的地步，昨天晚上真是到了極致，如果我那位最重要的客戶巴伯．華特翰再也不踏進這間房子一步，老實說，我一點都不會怪他。」

「噢，喬登，」卡莫迪太太呵呵笑了起來。「菲利普只是喜歡搞笑而已。」

「把一整顆烤馬鈴薯塞進嘴巴，這叫搞笑？一口氣灌完整杯水，然後被噎到臉色發青，再把水吐得滿桌都是，這叫搞笑？還有用鬥雞眼看人、伸長舌頭舔下巴、抖耳朵，用腦袋倒立著把字母順著念、倒著念和亂念一通，這叫搞笑？哼，我可不這麼認為，巴伯．華特翰一定也不覺得有趣！」

「喂，喬登，」卡莫迪太太說：「你也知道華特翰先生是個嚴肅的老古板，你自己也這麼說。況且，菲利普才十歲，還只是個小男孩，你不應該對他這麼嚴厲。」

「應該說，他不該讓我那麼難堪吧，」卡莫迪先生怒氣沖沖的將一片麵包用力撕成兩半。「梅格，我們得好好管管這個孩子。今天就這麼做！馬上！」

說時遲那時快，菲利普正好乒乒乓乓的跑下樓，一路滑進廚房。「嗨，爸！嗨，媽！」他興高采烈的說。

「早。」卡莫迪先生沒好氣的應聲。

「早安哪，菲利普，親愛的。」卡莫迪太太說。

菲利普坐下來，一把抓起糖罐，把糖往全麥鬆餅上倒。

「親愛的，別倒那麼多糖。」媽媽說。

菲利普又加了兩大匙糖才罷手，接著便把罐子裡剩下的鮮奶油，全倒在自己的玉米脆片上。

他神采奕奕、熱切專注的看著爸爸說：「嘿，爸，要不要看我把鬆餅一口塞進嘴巴裡啊？」

「我——不——想。」爸爸說。

「也不想看我用它來吹口哨嗎？」

「不想！」爸爸怒吼。

「親愛的，好好吃你的早餐。」媽媽重新倒滿一壺鮮奶油，放在餐桌上。

「那，如果我……」菲利普又來了。

「安靜！」爸爸大聲說。

不知何時下樓、不動聲響站在門邊的康絲坦說：「真是討人厭！天哪，媽，妳還看不出來他有多噁心嗎？」

「天哪，媽，妳還看不出來他有多噁心嗎？」菲利普故意用又尖又細的聲音模仿康絲坦說話。「媽！斃了他！宰了他！把他大卸八塊！媽咪，他故意在我那些討人厭又愛嘲笑人的同學面前，把我的臉都丟光了。」

「夠囉，孩子們。」卡莫迪太太溫柔的說。

卡莫迪先生怒不可遏的瞅了一眼餐桌說：「統統給我閉嘴！」

「天哪，老爸，你吃炸藥啦？」菲利普說：「還是生病了？」

「對，我生病了，也吃炸藥了。」卡莫迪先生粗暴的將湯匙插進覆盆子果醬裡。

「我拿頭痛藥給你，」菲利普邊說邊從椅子上滑下來。「我要拿兩顆，然後擺在我的鼻尖上，一路從樓上頂下來給你。看好哦！」

「給我坐好！」卡莫迪先生氣急敗壞的大叫：「乖乖坐好吃

你的早餐，不准說話。」

「好吧，」菲利普說：「但你也用不著發這麼大脾氣啊。」

「安靜！」爸爸又大叫。

菲利普白了老爸一眼，便坐下來開始吃他的全麥鬆餅。

卡莫迪太太端來自己和菲利普的早餐盤，坐了下來。她看著窗外那株盛開著淡粉色花瓣的櫻花樹，看著清澈湛藍的天空，以及那隻在枝頭輕輕前搖後擺的胖青鳥，卻一點都開心不起來。她啜了一口冷掉的咖啡，環顧著早餐桌。

菲利普匆忙的吃著早餐，但是，卡莫迪太太和他對上眼的剎那，便看見他露出賊賊的笑臉，並且低聲竊語：「嘿，媽，要不要看我用額頭頂可可杯？」

卡莫迪太太笑著搖搖頭，並且示意他保持安靜。

「就算杯子裡裝滿滾燙的熱可可，妳也不想看嗎？」

卡莫迪太太搖搖頭。

「就算裡面放了湯匙，也不看嗎？」

卡莫迪太太依舊搖搖頭。

「好漂亮的螃蟹圖補丁喔。」菲利普說。

「安靜！」爸爸怒吼。

菲利普伸手去拿果醬碟子，氣呼呼的將果醬全部刮進自己的盤子裡。

早餐終於結束了，每個人也都各自上班上學，卡莫迪太太這才重新熱了咖啡，倒了一杯，坐下來看早報。就在她攤開報紙的時候，眼角的餘光突然瞥見菲利普座椅下有一團白色的東西。她伸手撿起，打開那張被揉成一團的紙，在桌上攤平，仔細讀著上面的字：

親愛的卡莫迪太太：

我實在不知道該拿菲利普怎麼辦才好，您方便的時候可以盡快打電話給我嗎？

依蒂絲．皮瑞溫格老師

卡莫迪太太看了看手錶，差四分鐘就九點了，也許還來得及在上課鐘響前打電話給皮瑞溫格老師。於是，她趕緊走到客廳，撥電話去學校。

當皮瑞溫格老師聽見卡莫迪太太憂慮不安的聲音時，她說：「卡莫迪太太，我不是有意要讓妳擔心，其實也沒那麼嚴重，只是菲利普最近變得有點……有點……」

「太愛作怪。」卡莫迪太太說。

「嗯，沒錯，」皮瑞溫格老師說：「我猜，就是這樣。我必須承認，他的確很會搞笑，學校的同學也都覺得他很好笑，不管他做什麼，大家都會哈哈大笑。只是，他現在不只下課搞笑，也不單單是在校園裡這麼做，所以我覺得不能不插手了。這就是我寫紙條的原因。」

「是啊，」卡莫迪太太說：「我應該要早點看到這張紙條，他在家裡也有類似的狀況。妳有任何建議嗎？」

「有，」皮瑞溫格老師說：「我認為妳應該打電話給皮克威克奶奶。妳聽說過她嗎？」

「我聽過這個名字，」卡莫迪太太說。「她是醫生嗎？」

「噢，不是不是，」皮瑞溫格老師說：「她是個人非常好的老太太，她很愛小孩，也很了解小孩，而且總是有神奇的辦法治好他們的壞毛病。她的電話是——楓樹街12345號。」

「等等，我拿筆記一下。」菲利普的媽媽說。她找不到筆，不過至少找到一支斷掉的綠色蠟筆，趕緊在瓦斯帳單背面寫下皮克威克奶奶的電話。

卡莫迪太太撥電話的時候，手一直抖個不停，然而，皮克威克奶奶友善又溫暖的聲音馬上平撫了卡莫迪太太的緊張情緒，她一五一十告訴皮克威克奶奶菲利普的問題。

皮克威克奶奶笑著說：「小孩沒辦法都一個樣，很可惜對不對？我是說，有的小孩愛表現，有的害羞，有的很文靜，有的又吵得要命，有的成天嘻嘻哈哈，有的又動不動就哭……噢，我還可以繼續說下去，但不管他們是吵鬧或安靜、害羞或愛作怪、膽小還是活潑好動，小孩都很棒，我全部都愛。」

「我也是，」菲利普的媽媽說：「皮克威克奶奶，老實告訴妳好了，我並不覺得菲利普愛作怪有什麼大不了，可是他爸爸說他很討人厭，姊姊說他很噁心，就連他的老師皮瑞溫格小姐今天早上也對我說，她對這個孩子束手無策了。」

「好吧，」皮克威克奶奶說：「如果只有姊姊在抱怨菲利普，那我就傾向讓時間去解決這件事。但是就連菲利普的爸爸，還有全市最好的五年級老師皮瑞溫格小姐都深感困擾，那我們就不得不採取行動了。」

「採取行動？」菲利普的媽媽聲音顫抖著說：「妳是說，什麼樣的行動？」

「噢，很簡單，」皮克威克奶奶說：「放學後，請菲利普過來一趟，我會給他一瓶『愛作怪粉』。接下來幾天，吃飯前撒一點在他身上，尤其是家裡有客人的時候，還有早上出門上學前也撒一點，我敢保證，妳再也不會有這方面的麻煩了。」

「可是，這個愛作怪粉是什麼東西啊？對菲利普有害嗎？」

卡莫迪太太擔憂的問。

「保證無害，」皮克威克奶奶說：「但可以有效終止太愛作怪的行為，等著看吧，它可以讓愛現的菲利普消失得無影無蹤。」

「無影無蹤！」菲利普的媽媽哭了起來。「妳是說，我再也見不到自己的兒子嗎？」

「只有在他太愛作怪的時候，」皮克威克奶奶煞有其事的說：「沒有人看得見他，不過，只要他停止過度表現的行為，一切就會恢復正常了。」

「妳確定？」菲利普的媽媽問。

「哈，沒問題，」皮克威克奶奶說：「別擔心，等菲利普放學，叫他過來拿。不會有事的，再見囉，別擔心。」

不過，卡莫迪太太真的很擔心。一整個早上，不管是洗碗還是打掃，出門買東西還是洗衣服，她都在為這件事感到憂心。然而，當她開始收拾菲利普的房間時，內心的擔憂來到了最高點。「要是這種粉讓菲利普消失了，然後出了什麼差錯害他回不來，該怎麼辦？」她一邊啜泣，一邊從菲利普的枕頭下面掏出兩個蘋果核、三本漫畫、彈弓和一個喉糖的空盒子。

菲利普的房間凌亂不堪，卡莫迪太太花了很長的時間，一邊收拾，一邊想像那些可怕的事，最後決定不要用什麼愛作怪粉，在菲利普這麼聰明又敏感的小男孩身上使用那種古老的魔法藥粉，實在太危險了，況且，菲利普搞笑時還滿機靈的，說不定有一天還能登上舞臺表演呢。就在那時候，大門被一把撞開，樓下傳來大聲的呼喊：「媽，嘿——媽，妳在哪裡？」菲利普放學回到家了。

卡莫迪太太趕緊下樓，確認菲利普還好端端活著，她看見菲利普坐在廚房的桌子旁邊，狼吞虎嚥的吃著薑餅、喝著牛奶，雖然背對媽媽，還是能清楚看見他身上的毛衣其中一隻袖子勾破了。

「菲利普，」媽媽說：「你的毛衣是怎麼回事？」

「從腳踏車上摔下來了。」菲利普塞了滿口的薑餅說。

「噢，親愛的，」媽媽隨即跑上前去。「你受傷了嗎？」

「嗯，還好，」菲利普說：「褲子破了個洞，還有上學穿的新鞋子也破了。妳看！」他先伸出一條腿，讓媽媽看看膝蓋上的破洞，然後再伸出另一條腿，秀出棕色牛津鞋鞋背上的大裂縫。此外，他的眼角上有個小傷口，鼻子也有點擦傷，下巴也在滲血。

「唉，菲利普，」媽媽說：「你可能會沒命！是被車子撞到嗎？」

「唔，嗯……」菲利普說。

「還是有大孩子推你？」

「沒啦。」菲利普說。

「好，那到底是怎麼回事？」媽媽問。

「呃，沒什麼，」菲利普一口喝乾杯子裡的牛奶。「媽，我還可以再吃一片薑餅嗎？」

「當然可以，」媽媽說：「可是你得先告訴我，騎車時到底發生了什麼意外。」

「好吧，」菲利普說：「如果妳真的這麼想知道，就告訴妳吧。我坐在腳踏車的籃子上，一邊唱歌，一邊倒著騎，從大使丘一路騎下來，當我看見一輛麵包車開過來的時候，來不及轉彎，就衝向瓦勒斯家的鐵欄杆，結果，鞋子被踏板卡住扯破了，褲子被鐵椿勾破，眼睛撞到了腳踏車的把手，其他的就不知道了……可是，天哪，妳真應該聽聽那些小朋友和那個老麵包師傅的笑聲！」

「不用聽也知道，」菲利普的媽媽冷冷的說：「現在給我上樓去，換掉褲子和鞋子，然後把褲子拿來給我縫，把破鞋子拿去瑞索塔先生的店，問問他有沒有辦法修補。最後，再去皮克威克奶奶家，她有東西要給我。你知道皮克威克奶奶住哪裡嗎？」

「當然知道，」菲利普說：「我們一天到晚去她家玩。她要給妳什麼呀？」

「你別管，」媽媽說：「別忘了去找她。快去！」

才剛過五點半，卡莫迪太太看向廚房的窗外時，正好看見菲利普在一大群小孩的簇擁下走上車道。他把鞋子頂在頭上，鞋尖上擺了一個小瓶子，瓶子上則端坐著一隻綠色的小青蛙。當菲利普發現媽媽正透過窗子看著他時，便大喊：「嘿，媽，快看！看好喔，我要頂著這些跳過獨輪手推車。」

「菲利普，不可以。」媽媽叫喊。

可是他完全沒有聽見，而菲利普的媽媽則是一臉驚恐，看著他跑向獨輪手推車，然後被花園裡的水管絆住，向後一拉，整個人跌坐在杜鵑花叢裡。那個從皮克威克奶奶家帶回來的小瓶子也飛了起來，掉落在水泥地上，砸得粉碎。

卡莫迪太太心急如焚的衝出來，手忙腳亂的把撒了一地的白色粉末中的玻璃碎片撿拾出來。好不容易從杜鵑花叢中脫身的菲利普說：「啊，媽，真抱歉，瓶子摔破了，我不是故意的。」

「別說了，」媽媽急切的說：「馬上進屋裡，去我的書桌上拿一個乾淨的白色信封袋，再去爐子那，拿炒菜的鍋鏟給我，快去！」

菲利普離開後，卡莫迪太太小心翼翼的將那些白色粉末聚攏成堆，用手蓋住，免得被風吹走。

等菲利普把信封袋和鍋鏟拿來後，便慌忙的將所有的粉末裝進信封裡，並且將最後半湯匙的量，謹慎倒在自己的手掌，吹在菲利普身上。

「喂，幹麼？」他一邊說，一邊揉眼睛和咳嗽。

「做一件該做的事，我很確定。」媽媽說。

就在那時候，卡莫迪先生的車也正好駛進車道。菲利普見狀，馬上縱身跳進獨輪手推車裡大聲嚷嚷：「爸，你看，我要在獨輪手推車上倒立，還要邊倒立邊倒著念英文字母。」

卡莫迪太太看著獨輪手推車，卻發現裡面空空的，連個人影也沒有，不只沒有人影，就連聲音也沒有。

卡莫迪先生步出車子說：「菲利普呢？他剛剛不是還在這裡嗎？」

「對啊，剛剛還在。」卡莫迪太太的臉上露出了一抹神祕的微笑。

「嗯，叫他把水管和手推車都收進車庫裡。」卡莫迪先生說。

「好，我會跟他說，」卡莫迪太太說：「他應該過一會兒就回來了。」她和卡莫迪先生一起走進屋裡，關上廚房的門。

菲利普漲紅著臉倒立在手推車上，扯著嗓子大聲倒背字母，大聲的叫喊：「嘿，爸、媽，快看我啊。」可是他們連瞥都沒瞥一眼。「喂，你們快看看我啊。」他對著那些一路從皮克威克奶奶家尾隨他回來的小朋友喊，可是也沒有人搭理他，大家只是自顧自的轉身離開院子。他只好自討沒趣的慢慢站起來，爬出手推車，走進廚房。

「你們怎麼都不看我的特技表演？」菲利普問正在爐子前面忙碌不已的媽媽。

她說：「我們沒有看見你在表演啊。現在去收好水管和手推車，順便把碎玻璃掃乾淨。晚餐再五分鐘就好了，今天有你愛吃的哦。」

「妳是說燻牛肉香腸、烤豆子和黑麵包嗎？」菲利普問。

「沒錯。」媽媽說。

「耶，太棒了。」菲利普說。

菲利普的媽媽到工具間拿出掃帚和畚箕給他。「喏，」她大大鬆了一口氣，因為她的兒子又現形了，「先把碎玻璃掃乾淨。」

菲利普接過掃帚後，高高舉起來，並且開始發出刺耳的噪音。「嘿，媽，」他大喊：「妳看，我是噴射機，我要起飛囉。」

就在「妳看」兩個字脫口而出的時候，菲利普又開始隨著「起飛」消失了。

卡莫迪太太心滿意足的哼哼唱唱，一邊掀起蒸鍋的蓋子，伸手戳了戳麵包。

整個晚餐，菲利普一共消失了三次。他把椅子反過來，蹲伏在上面，然後說：「你們看！我是籠子裡的大猩猩，快丟香蕉給我。」結果，才說完「丟香蕉」他就消失了。

卡莫迪先生幾乎從椅子上跳起來。「梅格，梅格，」他對著卡莫迪太太大叫：「妳兒子不見了。那張椅子底下肯定有個洞。」

「別大驚小怪，喬登，」卡莫迪太太說：「他會回來的。」

的確如此，因為大約兩分鐘後，他又出現了。

第二天早上，菲利普換好衣服後，他爬上樓梯扶手，對著康絲坦大叫：「嘿。康絲坦，妳看！我要坐著從扶手滑下去。」說完，他便消失得無影無蹤，直到每個人都吃完早餐，他的水煮蛋也冷了才又現身。媽媽發現他的左眼上方多了一個大大的瘀青腫塊。「這裡根本沒有人在乎我發生什麼事，我的腦袋可能會摔爛，你們也不在乎。」

「安靜！」卡莫迪先生說。

卡莫迪太太說：「親愛的，快吃蛋，要遲到了。」她邊說邊靠近菲利普，偷偷撒了一些粉在他的頭髮上。

菲利普轉過頭，一連狐疑的看著媽媽說：「媽，妳在我的頭髮上弄什麼？」

「沒有啊，只是幫你順一順頭髮。」媽媽的臉上隱約露出一抹微笑。

地理課的課堂上，當皮瑞溫格老師背對著全班同學在黑板上畫地圖的時候，菲利普突然站在椅子上，扭動自己的耳朵，裝出鬥雞眼，然後學著人猿的模樣在身上搔來搔去，用這些絕對不會失手的把戲想逗同學發笑。但完全沒有人理他。事實上，根本沒有人看見，因為他不在座位上。

下課時，他把一整包口香糖塞進嘴哩，然後吹出一個比頭還要大的泡泡，可是，就算是那些圍繞在他身邊的小孩，也沒有人對他指指點點、哈哈大笑，甚至連一句話也沒說，因為，他們當然看不見菲利普。

口香糖的泡泡突然「砰」一聲破掉，菲利普的臉上和頭髮都沾滿口香糖，就在那時候，小朋友全都捧腹大笑起來，因為菲利普又現身了。只有菲利普笑不出來，學校的校護用了會令皮膚感到搔癢的清潔液，用力塗抹他的臉、脖子和頭髮，才將黏在上面的口香糖清掉。

就算放學了，他也還是開心不起來，因為他的頭和手肘還是覺得非常癢，他只好以正常方式乖乖的騎腳踏車回家。

巴比和比利和他一起並肩騎車，一本正經的聊著棒球，直到比利在大使丘的下坡路段突然放手大叫：「救命啊，快救救我，我的車失控了，剎車失靈，支撐架也卡住了，快打電話報警。」就在巴比和菲利普笑到快失了魂時，艾倫太太正好倒車出車庫，差一點就撞上比利，他來不及煞車，便直直的撞上一棵樹。

艾倫太太嚇得臉色發白，拼命搖頭，而且非常生氣。她說：「比利，我要打電話給你媽媽，告訴她你今天多麼的胡鬧！你不要命了嗎？差點就撞上我的車，嚇死我了。」

比利哭著說：「嗚，我的衣服破了，還流鼻血，腳踏車也撞爛了。」

艾倫太太說：「來，進屋裡去，我幫你擦藥、縫衣服。」

巴比和菲利普向比利說再見，但是他沒有聽見。他們一路騎車下山，拐進菲利普家的轉角時，菲利普說：「唉，可憐的傻比利，他真是太愛表現了！」

第2章
愛哭鬼療方

法斯葛洛夫太太正在烤布朗尼蛋糕。這種厚實香黏的核果布朗尼，向來是她四個小孩的最愛。她將最後一盤滑進烤箱，把那隻蹲在廚房高腳凳上，眼巴巴垂涎著金絲雀艾瑪的黑貓所羅門抱到地上，自己才找張椅子坐了下來。

那是個陰鬱的二月天。天空一片灰濛濛，院子裡的積雪也是灰澀泥濘，陰溼的冷風不斷兜旋著房子颼颼作響。法斯葛洛夫太太太希望孩子們沒有把雪靴遺留在校車上，而且都記得戴手套回來。尤其是那個眼睛和鼻子總是紅通通又龜裂的梅樂蒂。

她嘆了口氣，蹭了蹭跳到她腿上的所羅門，接著便把那隻貓放到地上，打開烤箱的門。布朗尼烤得漂亮極了。她把上下層的烤盤互換，關上烤箱的門，在爐子上熱牛奶，準備為孩子們沖泡熱可可。

就在她攪拌熱可可的時候，街尾似乎傳來一陣類似消防車的警笛聲。嗚——嗚——嗚嗚——嗚，咿——咿——咿咿，哇——哇——哇，聲音由遠而近，愈來愈大聲。法斯葛洛夫太太嘆了口氣，打開後門。她十一歲的大兒子康尼爾正好衝上後門的階梯，給了她一個大大的擁抱，並且說：「太棒了，我聞到布朗尼的味道了！」

接著是九歲的哈佛，他用力跺掉雪靴上的雪，「媽，我的拼字又考了一百分，我今天可以吃幾塊布朗尼？」

六歲的艾咪說：「我今天又掉了一顆牙，但我還是可以吃布朗尼，我可以吃幾塊？」

最後是八歲的梅樂蒂，她拖著沉重的腳步，嘴巴張大到連法斯葛洛夫太太幾乎都能看見她的胃了。「媽、媽——」她嚎啕大哭。「有小孩笑我，哇——」

法斯葛洛夫太太說：「梅樂蒂，動作快點，我要關門了，不然冷風會灌進屋子裡。」

「我快不了，」梅樂蒂用袖子擦她紅通通的鼻子，嚶嚶啜泣。「我覺得好痛苦、好難過，走不動了。」

「那好吧，」媽媽說：「我要關門了，妳慢慢來。」說完，她便把門關上。

就在那一刻，有如土狼垂死嗥叫的淒厲哭嚎迴盪在四周，梅樂蒂火速衝上後門的階梯，使勁衝撞著門，大叫：「讓我進去，我快冷死了。」

法斯葛洛夫太太開門的剎那，梅樂蒂正好整個人都靠在門板上，一股腦的跌進廚房。正在地上脫雪靴的艾咪、哈佛和康尼爾全都笑到東倒西歪。梅樂蒂像隻被壓扁的蜘蛛似的，躺在地板上放聲大哭，法斯葛洛夫太太用腳將她稍稍推向一邊，關上門。

就在那時候，梅樂蒂發出尖叫：「妳踢我。臭媽媽踢我。」

法斯葛洛夫太太說：「親愛的梅樂蒂，我只是稍微用腳推了妳一下，這樣門才關得上啊。」

所羅門悠悠的走過來，用牠粗糙的小舌頭舔了舔梅樂蒂的耳朵。

「噢，」她又發出尖叫：「所羅門抓傷我的耳朵了。」

「才沒有，」艾咪說：「牠只舔了妳的耳朵，妳這個愛哭鬼。」

「我的耳朵要流血了，」梅樂蒂嗚嗚咽咽的說：「我可能會得狂犬病。」

「天哪，媽，妳看她多誇張？」康尼爾說：「她是全校最愛哭的愛哭鬼，沒有人喜歡她。」

「大家都很喜歡我。」梅樂蒂坐直起來，用手套抹去眼角的淚水。

「才怪，」哈佛說：「他們都叫妳『水龍頭女孩』。」

「只有你這樣叫，」梅樂蒂說：「媽，聽到了嗎？他叫我水龍頭女孩。」說完，她又哭了。

法斯葛洛夫太太說：「噢，天哪，我的布朗尼好了，快讓開。孩子們，去收拾好東西，放進衣櫃裡。」

孩子們紛紛撿起自己的雪靴、外套、手套和帽子，火速衝出廚房，只有梅樂蒂還躺在地板上，邊哭邊用戴著手套的雙手揉眼睛。

法斯葛洛夫太太打開烤箱的門，拉出一盤布朗尼，用小麥稈戳了一下。小麥稈抽出來的時候很乾淨，所以她知道蛋糕烤好了。爐子上的熱可可也差不多煮沸了，她也將鍋子移到旁邊，關上爐火。她擺杯子的時候瞅了梅樂蒂一眼，對她說：「好啦，乖寶貝，別哭了，快脫掉大衣靴子然後收好，布朗尼烤好囉。」

但梅樂蒂只是打了幾個嗝，動也不動一下。

法斯葛洛夫太太彎下腰，拉著她的手背，要幫她站起來。

梅樂蒂卻大聲哀號，「噢，噢，妳弄痛我了。」

媽媽輕輕的搖了搖她。「我才沒有，我的力道剛好，而且我快要受不了妳這個愛哭鬼啦。」她扶著梅樂蒂的肩膀，將她轉向前廳，輕輕的推了一下。

可是，梅樂蒂把自己縮成一團皺巴巴又溼漉漉的球，並且歇斯底里的哭了起來。「妳對我好壞，我不要，妳搖我、拉我又推我。」

「唉，回妳的房間，等妳心情好了再下來，」法斯葛洛夫太太氣急敗壞的說：「快去。」

梅樂蒂吸著鼻子，嗚嗚咽咽的離開，只是她的動作依舊非常非常緩慢。

媽媽一直盯著她，直到她走到門邊，才惱怒的嘆了口氣，繼續倒熱可可。

艾咪蹦蹦跳跳的進了廚房，她緊緊抱著媽媽的大腿說：「妳是全世界最棒的媽咪，我可以吃六塊布朗尼嗎？」

媽媽彎下腰，親親她的頭頂說：「我們先從第一塊開始吧。」

接著，哈佛和康尼爾也和狗兒小嗨一起進來。有一小段時間，法斯葛洛夫太太忙得沒空想到梅樂蒂。沒多久，電話響了，是帕普希可太太打來的，她想知道艾咪、梅樂蒂、康尼爾和哈佛，接下來這個星期六能不能去參加她的雙胞胎崔特和貝西的慶生會。法斯葛洛夫太太說當然非常樂意，帕普希可太太要孩子當天十一點的時候準備好出門，帕普希可先生會先帶大家去遊樂園，再去看電影。

法斯葛洛夫太太一掛上電話，便告訴孩子們星期六慶生會要去遊樂場和電影院，他們全都像貓頭鷹一樣，噢噢哇哇的歡呼叫嚷起來，男孩們甚至還興奮的吹起口哨說：「太棒了、萬歲！」艾咪則說：「我現在就要去樓上，把布魯諾打扮好。」

「夠了，媽，」康尼爾說，「別讓她帶那隻又舊又蠢的泰迪熊，它肚子裡的棉花都掉出來了。」

艾咪說：「康尼爾，我去哪裡，布魯諾就去哪裡。它肚子裡的棉花要露出來，也沒辦法，那就露出來。」

哈佛說：「哈，那妳不要去啊！」

法斯葛洛夫太太馬上打岔。「男孩們，我要你們下樓去，完成你們那張遊戲桌，而且做完以後，記得收好你爸的工具。」

「我會，」哈佛說：「我每次都有收好，才不像康尼爾都亂放。」

「啥，有嗎？」康尼爾說：「是誰把鐵鎚留在費特拉克・哈洛威家？」

「夠了，你們兩個，」法斯葛洛夫太太說：「你們最好馬上動手，快四點半了。」

地下室的門關上後，法斯葛洛夫太太轉過身，對艾咪說：「親愛的艾咪，如果妳願意上樓去拿布魯諾下來，我就幫妳把它的棉花塞回去縫好，我縫的時候，妳可以順便把它的衣服洗乾淨、燙好。」

艾咪上樓後，法斯葛洛夫太太開始刷洗煮熱可可的鍋子，就在那時候，她聽見身後傳來啜泣聲。她轉過身，發現是梅樂蒂，她雙眼浮腫，瞇成一條線，鼻子通紅的像櫻桃蘿蔔，臉上布滿紅斑，嘴脣乾澀龜裂的站在門邊。梅樂蒂哽咽的說：「妳在洗可可的鍋子了，我竟然連一滴都沒喝到，布朗尼應該也都沒了吧。」

「妳的可可就擺在早餐桌上，」媽媽用開朗的聲音說：「布朗尼還剩很多，全都在餅乾罐裡。不過，除非妳先把臉洗乾淨，心情也回復了，否則就別想吃。」

「算了，反正我現在什麼也吃不下。」說完，梅樂蒂就難過的回到樓上去了。

法斯葛洛夫太太無奈的嘆了口氣。這個梅樂蒂該怎麼辦才好？她到底怎麼了？或許該打個電話，問問菲爾斯貝瑞醫生。她走進客廳，撥了診所的電話號碼。護士說醫生現在很忙，過一會兒再回電。這時候，艾咪下樓了，她一隻手拉著布魯諾的一條腿，另一手拎著一袋它的髒衣服。法斯葛洛夫太太要她上樓去拿針線籃，這時候，電話響了，是菲爾斯貝瑞醫生打來的，他聽完梅樂蒂的事以後，說等他回家時，會順道過來瞧瞧。

布魯諾修補好了，有了閃亮的鞋扣眼睛而煥然一新。當菲爾斯貝瑞醫師來訪的時候，法斯葛洛夫太太正在燙平布魯諾的藍白格子連身褲，男孩們也正在用電動砂光機刨磨遊戲桌。菲爾斯貝瑞醫師說：「真是個幸福又忙碌的家庭啊！瑪莎，妳該不會正好有一杯熱騰騰的咖啡吧？」

「當然，」法斯葛洛夫太太一邊說，一邊將連身褲交給艾咪，關掉熨斗。「帶布魯諾和它的衣服上樓吧，順便叫梅樂蒂下來一下。」

法斯葛洛夫太太為醫師倒了一杯熱咖啡，還在盤子裡放了幾塊布朗尼。她說：「提姆，我真的很擔心梅樂蒂，每件事都可以讓她哭，會不會是風溼熱惹的禍？」

「她得過風溼熱嗎？」菲爾斯貝瑞醫師一口吞掉兩塊布朗尼。

「是沒有啦，」法斯葛洛夫太太說：「老實說，她好得很，只是一天到晚哭個不停，什麼事都能讓她哭。她已經哭到臉又紅又腫，看起來就像是被一百萬隻蜜蜂螫過。」

菲爾斯貝瑞醫師慢慢攪拌著咖啡說：「如果我檢查不出梅樂蒂的身體有什麼毛病，那麼我建議妳，最好打電話給皮克威克奶奶。」

「她知道該怎麼辦嗎？」法斯葛洛夫太太問。

「當然知道，」菲爾斯貝瑞醫師說：「這個鎮上沒有人比她更了解小孩。」

「嗯，我知道她幫康尼爾學會了餐桌禮儀，讓艾咪不再打小報告，但我不敢奢望她可以對付愛哭的毛病。」

「我打賭，她一定可以，」菲爾斯貝瑞醫師說：「天哪，瑪莎，這些布朗尼好吃到太罪惡了，我要妳保證絕對不會將配方給我太太，不然我會胖到無法收拾。」

法斯葛洛夫太太哈哈大笑，心情愉悅，但就在那時候，梅樂蒂拖著沉重的腳步下樓來了。她臉色青紫的像李子，鼻子就像成熟的草莓那樣通紅，幾乎快看不見她的眼睛了。

菲爾斯貝瑞醫師說：「過來一點，這樣我才好診斷，看看有多嚴重。」

梅樂蒂拖著極緩慢的步伐走向他，邊走還邊打嗝。菲爾斯貝

瑞醫師說：「嘿，就八歲小孩來說，妳還滿高的！舌頭吐出來讓我瞧瞧。」

菲爾斯貝瑞醫師仔細檢查了她舌頭，看了看她的喉嚨和耳朵，聽聽她的肺和心臟，還敲敲她的肚子，為她量體溫。檢查完後，他說：「聽起來都還不錯，除了淚腺分泌太旺盛，這對八歲的孩子來說極為罕見，最好在淚腺潰決前，趕快打電話給皮克威克奶奶！」

菲爾斯貝瑞醫師離開後，法斯葛洛夫太太便要梅樂蒂和艾咪到隔壁洛基太太家借一顆洋蔥，趁那個機會，打電話給皮克威克奶奶。

皮克威克奶奶聽了梅樂蒂的情況後，忍不住哈哈大笑起來，她說：「我有一帖非常神奇的特效藥，可以治好愛哭的毛病，那帖藥的味道好極了，就像加了焦糖的香草冰淇淋。如果妳馬上叫哈佛和康尼爾過來拿，我想她這個毛病，應該在星期六的慶生會前，就可以完全治好了。」

「真的嗎？」這會兒，換法斯葛洛夫太太要喜極而泣了。

「當然沒問題，」皮克威克奶奶說：「妳跟男孩們說，我要拿最新的神祕外太空超級萬能手腕型發報器給他們，這樣他們就會很快趕過來了。」

「噢，謝謝妳，親愛的皮克威克奶奶，真是太謝謝妳了。」法斯葛洛夫太太說。

「要男孩們快點來，」皮克威克奶奶說：「天色漸漸暗了，街道也有點溼滑。」

可是，當法斯葛洛夫太太叫哈佛和康尼爾去跑腿時，兩個人卻都怨聲載道。「什麼，要出去喔。」

「天哪，我們還在磨這張桌子耶。」

「沒有別人可以去嗎？」

法斯葛洛夫太太隨即告訴他們「神祕外太空超級萬能手腕型發報器」的事，結果，兩個人馬上爭相衝到樓上，一眨眼便穿好了雪靴和外套。

就在那時，梅樂蒂和艾咪也從洛基家帶著洋蔥回來，梅樂蒂正嚎啕大哭，因為她腳上的雪靴踩到了一攤融化的雪泥，洛基太太的狗撲到她身上，加上外面冷得要命，而且她的眼睛好痛。

法斯葛洛夫太太為她脫下外套，帶她上樓用溼毛巾敷眼睛。毛巾並沒有很冷，梅樂蒂一碰觸到毛巾，卻痛苦的尖叫，直到法斯葛洛夫太太開口說：「我想，妳應該很喜歡自己看起來像顆煮爛的番茄吧。」

艾咪捧腹大笑，梅樂蒂又開始哭了。法斯葛洛夫太太要她回房間好好待著，等晚餐準備好了再下樓。

法斯葛洛夫先生回到家時心情非常愉悅，因為法斯葛洛夫太太的晚餐準備了雞肉和餃子。不過就在那時候，梅樂蒂卻嚶嚶啜泣的一路下樓來，哭訴著有人用了她的牙刷，牙刷是溼的。

爸爸對她說：「妳確定牙刷不是被眼淚沾溼的嗎？」

梅樂蒂說：「爸，我才不會用牙刷來刷眼睛呢。」

「嗯，很合理，」法斯葛洛夫先生邊說邊用手臂環抱住她，「可是妳最近總是像海綿那樣溼答答的，把水沾得到處都是，妳看？」他稍微將梅樂蒂抱開一些，好讓她看看自己在法斯葛洛夫先生的外套上留下的大片淚漬。

「老實說，」他邊擦拭著那塊水漬邊說：「妳真的是我抱過最多水分的孩子了。」

梅樂蒂張大嘴巴，揉著眼睛，嚎啕大哭起來。

法斯葛洛夫先生把自己的手帕遞給她。「小姐，別這樣嘛，妳也知道我是開玩笑。快擦乾眼睛，讓它們發揮正常功能，來吃晚餐吧。男孩們呢？」

「他們馬上回來，朱伯特，事實上，我已經聽見他們的聲音了。」法斯葛洛夫太太說。

康尼爾和哈佛從後門衝了進來，他們的臉頰凍得紅通通，眼中卻閃爍著興奮的光芒。頻頻甩動著手腕對媽媽說：「妳看皮克威克奶奶給我們什麼？神祕外太空超級萬能手腕型發報器耶，很酷對不對？妳看這些刻度盤和星座圖。」

法斯葛洛夫太太看著「神祕外太空超級萬能手腕型發報器」說：「天哪，我不希望引來一群外星人。」

「媽，別擔心，」哈佛說：「這本小書裡有非常清楚的使用說明。」

「皮克威克奶奶還有交給你們別的東西嗎？」法斯葛洛夫太太問。

「噢，有啊，他給了我們這個小瓶子。」康尼爾伸手進外套的口袋，從裡面掏出了指甲、線、四顆花生、兩顆金色石頭、一張兩星期前就要交給媽媽參加親師會的通知，幸好媽媽已經去過了，還有好幾顆堅果和螺栓、兩顆灰色的甘草糖，最後掏出一個用牛皮紙袋包裹的小瓶子。

法斯葛洛夫太太打發男孩們去梳洗後，才小心翼翼打開牛皮紙袋，取出那個小瓶子。標籤上寫著「愛哭鬼特效藥——必要時每次一湯匙」。法斯葛洛夫太太拔出軟木塞聞了一聞，味道非常甜美。她叫喚正在前廳用爸爸手帕輕拭自己溼漉漉雙眼的梅樂蒂進廚房。她喜孜孜的倒了一大匙，要一臉哀戚靠在爐邊的梅樂蒂張大嘴巴。

但梅樂蒂又哭了。「我才不要吃那種苦苦的藥，」她啜泣著。「我又沒生病。」

「這個一點都不苦，很好喝喔，」媽媽掐住臉頰讓她張嘴，把湯匙伸進她的嘴裡。

梅樂蒂咕嚕一聲吞進藥水，然後說：「很好喝耶，我喜歡，還可以再喝一點嗎？」

「現在不行，」媽媽說：「也許等妳上床睡覺前再喝一湯匙。現在去幫我拿沙拉盤來。」

法斯葛洛夫太太發現「愛哭鬼特效藥」的第一個效果就是——梅樂蒂臉上的紅腫都消褪了。

「她可能已經好了吧。」梅樂蒂的媽媽暗自竊喜。

雞肉和餃子都好吃極了，大家共度了一段非常融洽的晚餐時光，直到坐在梅樂蒂旁邊的康尼爾偷偷遞了一根雞骨頭給桌子底下的狗兒小嗨，牠被禁止餵食人類的食物，卻總是趴在餐桌底下伺機而動，撿食那些不小心掉下來的殘羹碎屑。反正，為了咬住那根骨頭，小嗨便將一隻爪子扒在康尼爾穿了牛仔褲的膝蓋，另一隻爪子則扒在梅樂蒂光溜溜的膝蓋。小嗨無意傷人，但狗都有爪子，也許那一點點抓傷根本不足為道，卻引得梅樂蒂號啕大哭起來。

「哇——嗚——啊——！」她拼命哀號。

接著，最離奇的事發生了。她的雙眼就像水龍頭似的不斷湧出淚水，注滿了她的晚餐盤，弄溼了餐墊和餐巾，然後湧到她的腿上，形成一個小湖，再順著大腿灌滿她的鞋子。事實上，才一眨眼，她的椅子已經陷進一灘巨大的水窪裡了。

「天哪，媽，妳看梅樂蒂啦！」康尼爾的眼睛睜得像銅板一樣大。

「爸、媽，快讓她停下來。」哈佛也大叫，因為梅樂蒂的眼淚順著餐桌一路流過來，傾洩在他的腿上。

「梅樂蒂，妳這個大笨蛋，」艾咪說：「妳弄溼了布魯諾剛洗好的衣服啦。」

法斯葛洛夫太太說：「朱伯特，快想想辦法呀！水快流到我的椅子底下了。」

法斯葛洛夫先生銜著已經從頭到腳渾身溼透的梅樂蒂大叫：

「別哭了！閉上妳的嘴巴，笑一個！」

梅樂蒂一這麼做，眼淚就停住了。每個人都一臉狐疑的看著她。「我這輩子從來沒見過這麼多眼淚，」爸爸說：「妳到底是怎麼辦到的啊？」

「我也不知道，」梅樂蒂說：「我一哭，眼淚就這樣流出來了。」

「我要付錢給妳來為草坪澆水。」爸爸對她說。

「鹹的水會害草死掉啦。」康尼爾說。

法斯葛洛夫太太說：「與其在這裡廢話，還不趕快動起來，把水擦乾淨。」

等一切都清理好而且乾透之後，梅樂蒂便上樓去換睡衣和臥房的拖鞋，媽媽又端了一盤食物給她。接下來的晚餐時間，大家的話題全都集中在梅樂蒂驚人的嶄新成就上。餐後，梅樂蒂開始覺得自己變成一號重要人物了。事實上，她認為像自己如此卓越非凡，不應該幫忙清洗碗盤。

哈佛說：「喂，溼毛巾，該妳洗碗了。」

梅樂蒂說：「哈佛，你敢叫我溼毛巾，我要告訴爸爸你打破麥斯威爾先生家溫室的玻璃窗。」

康尼爾說：「梅樂蒂，妳敢去告哈佛的狀，星期六去慶生會的時候，我就不陪妳坐雲霄飛車。」

「什麼慶生會？」梅樂蒂問。

「就是帕普希可太太要為崔特和貝西辦的慶生會啊，帕普希可先生會帶我們去遊樂園，再去看電影，」艾咪說：「而且真的輪到妳洗碗了，梅樂蒂，妳明明就知道，排班表上有寫。」

「唉，好吧。」梅樂蒂說。

原本一切進展順利，直到哈佛和康尼爾拿著兩隻大湯匙開始決鬥，蹦蹦跳跳的康尼爾不偏不倚的重重踩了梅樂蒂一腳。她的嘴巴張得像河馬一樣大，發出驚天動地的淒厲狂叫。就在那一刻，梅樂蒂雙眼的水龍頭又打開了，淚水奔流而出，浸溼了她身上的睡衣、臥房的拖鞋、艾咪的抹布，就連正在用腳抹臉的黑貓所羅門也溼透了。

「救命啊，救命啊，爸，快讓她停下來！」男孩們大聲嚷嚷。

「快笑一個。」艾咪也扯開嗓子大喊。

「嗚、嗚——哇——！」她哭得愈大聲，淚水就流得愈快、愈猛，廚房的地板已經鬧水災了。

法斯葛洛夫先生邁著大步趕過來，一把將梅樂蒂拉到水槽邊，抱住她，好讓她的眼淚直接流進水槽裡。他要梅樂蒂就這麼一直待在水槽邊，直到她不再哭為止。梅樂蒂哭號著說：「可是我全身溼透了，我會得肺炎死掉。」

「那就看妳了，」爸爸冷靜的說：「妳要不停止哭泣，然後笑一個，讓眼淚止住去換衣服，要不然，妳只好一整晚都站在水槽旁邊了。」

當梅樂蒂好不容易不再哭泣，一身溼濘的上樓去換乾的睡衣和臥室拖鞋，法斯葛洛夫先生和太太正在玩紙牌，艾咪睡了，哈佛和康尼爾在寫作業。她終於下樓來道晚安了，媽媽輕輕抬起她的下巴，擔憂的對她說：「親愛的，妳還好嗎？」

梅樂蒂撐著睡意勉強一笑，說：「有點冷，但我應該沒有生病。」

媽媽親了親她，要她去客房拿唐森奶奶做的拼布被去蓋。法斯葛洛夫先生也親親她說：「看在老天爺的份上，睡覺時別又哭了，妳會溺死。」

梅樂蒂睡了一個好覺，第二天早晨被喚醒時，心情也非常愉悅，尤其是一想到隔天就可以去參加慶生會，而且後天是星期日，波格拉·溫斯波格會帶一隻小貓來，加上屋外陽光耀眼，媽媽在早餐前給她喝的藥水又非常甜美，讓她的心情更加雀躍。

整個早餐的過程，所有人都很開心，法斯葛洛夫太太告訴孩子們，她今天會開車送他們上學，也會一起送他們的爸爸上班，因為她需要用車。

所有的小孩都笑臉盈盈的下車時，雷瑟爾校長對校警老喬說：「真高興看見小梅樂蒂終於帶著笑臉來上學了。」

一整個早上梅樂蒂都興高采烈，她的拼字測驗拿了一百分，那篇寫「我的小黃貓」的作文也得了優等。接著來到午餐時間，她和艾咪、凱蒂・懷寧、蘇珊・格雷，還有莎莉・法蘭克林，坐在一起嘰嘰喳喳、嘻嘻哈哈的說個沒完。突然，非常愛捉弄人的班傑・法蘭克林，從隔壁桌靠過來，並且一把抓走梅樂蒂的薑餅。

梅樂蒂完全忘記了前一晚的災難，馬上張開嘴巴，放聲大哭。淚水頓時泉湧而出，注滿了她的湯碗，浸溼了她的花生醬和果醬三明治，也浸溼了艾咪的三明治，流到大腿，也傾洩到整個餐桌，形成一道水流，一路流進凱蒂的薑餅盤，再流到她的大腿。

孩子們的尖叫聲此起彼落：「看看梅樂蒂。可怕的淚水一直流個不停。我快被弄溼了。救命啊。鬧水災了。快打電話給消防局！」還說了一堆好笑的話。

梅樂蒂站了起來，哭著跑出學校餐廳，跑過走廊，一路跑進空蕩無人的操場。那裡連一個人都沒有，因為大家全都在餐廳裡吃午餐。梅樂蒂坐在操場中央，不停的哭啊哭、哭啊哭、哭啊

哭、哭啊哭。她為班傑拿走她的薑餅哭泣，也為自己的孤單無助哭泣，但真正的原因是——每次只要遇到不合她心意的事就張大嘴巴哭泣，已經變成她的習慣了。

好啦，因為她不停的哭啊哭、哭啊哭、哭啊哭，沒多久，整座操場就淹水了，水漸漸淹過她的腳踝，她卻一點都不在乎，她痛恨這個世界上的每一個人和每一件事。她不停的哭啊哭、哭啊哭、哭啊哭，水已經快要淹到她的腰了，午餐時間早就結束，艾咪來到比操場的地勢要高一些的地方，她對梅樂蒂大喊：「微笑啊，梅樂蒂！快笑，不然妳就要溺水了。」

梅樂蒂哽咽的說：「停不下來，我太難過了。」淚水像瀑布般不斷的湧出來。

然後凱蒂也開始對她叫嚷：「梅樂蒂，快停下來，別哭了，上課鐘快響了。」

「我不在乎，」梅樂蒂哭著說：「反正我本來就不喜歡學校。」現在，水幾乎已經淹到她的胸口了。

接著，波格拉、艾咪、凱蒂、莎莉、蘇珊和雷瑟爾校長開始交頭接耳、竊竊私語，沒多久，波格拉就不見蹤影了。梅樂蒂還是哭個不停，眼看著淚水就要淹到她的下巴了，就在那時候，波格拉對她大叫：「梅樂蒂，快點，看看我帶了什麼來。」

梅樂蒂仰頭一看，發現波格拉手中正抱著一隻可愛的橘色小貓。

「貓咪，我的小貓咪。」梅樂蒂笑了，淚水終於止住。她慢慢的走過操場，不小心絆了一跤，只好用狗爬式游泳。等她終於脫離淹水的操場後，波格拉馬上將小貓抱來給她，可是她不能抱那隻貓，因為她渾身溼透了。那隻貓有美麗又柔軟的長毛，還有一雙藍色的大眼睛。她說：「噢，波格拉，謝謝妳，謝謝妳，牠實在太可愛了。」

雷瑟爾校長說：「來，梅樂蒂，我先幫妳抱著這隻小貓咪，妳跟我來教師休息室，我幫妳擦乾，請老喬把衣服掛在暖爐旁烘乾。至於其他人，可以回教室上課了。」

她脫掉一身溼漉漉的衣服後，雷瑟爾校長便用一條毛巾澈底擦乾她，然後把她裹進毛毯裡。她將小貓咪交給梅樂蒂，要她乖乖躺在沙發上，直到衣服烘乾為止。

小貓蜷縮在梅樂蒂的臂彎裡，加上毛毯柔軟又溫暖，沒多久，她們都睡著了。等她醒來時，雷瑟爾校長也把她的衣服拎進來了，皺巴巴的，但已經乾了，而那時候，媽媽也開著車來接孩子們回家，因為放學了。

那天晚上，當梅樂蒂親吻爸媽道晚安的時候，她說：「我再也不要哭了，不管發生什麼事，我都不會再哭了。」她真的說到做到。就在慶生會當天，梅樂蒂和貝西坐摩天輪時，摩天輪突然停住不動，而她們正好在最高點。兩個小女孩全都驚恐的尖叫，不過，當貝西開始哭的時候，梅樂蒂說：「貝西，哭一點用也沒有。既然我們在這麼高的地方，就來看看我們能不能看見自己家的房子。妳看，在那裡，那個鋸齒狀的磨坊煙囪和學校後面，是不是妳家？」

貝西用衣袖擦乾眼淚，定睛朝梅樂蒂所指的方向看過去，那間房子的確看起來就是她家。接著，她們還發現，從那裡可以看見小楊柳湖、爸爸上班的大樓，甚至也找到了梅樂蒂家的房子。

「我好像看見我家的小貓咪正在車庫屋頂睡覺呢。」梅樂蒂說。就在那時候，摩天輪又重新啟動了。

當她們下來時，帕普希可先生已經在等她們了。他說：「什麼，妳們竟然沒有哭？哇！這麼勇敢，值得喝一杯冰淇淋漂浮汽水來慶祝。請問兩位女士，妳們喜歡什麼口味的啊？」

「我要巧克力口味加巧克力冰淇淋。」梅樂蒂說。

「我也是，」貝西說：「我喝過草莓和香草口味的了。」

她們津津有味的喝著汽水的時候，帕普希可先生說：「我還以為妳們一害怕就會哭呢。」

「我哭了啊，」貝西說：「可是梅樂蒂說，哭一點用也沒有。」

「真的沒有用啊，」梅樂蒂說：「我很清楚，因為我小時候一天到晚都在哭。」

第3章

惡霸療方

尼可拉斯．山米克倫今年十歲。他是個高高壯壯的男孩，塊頭比同年齡的孩子大上好幾號。所有的爸媽都希望養出高壯又健康的孩子，山米克倫先生和太太也非常以尼可拉斯為榮。除了一件事，一件很丟臉的事——尼可拉斯是個惡霸。他會打個子比自己小的孩子，愛嘲笑和毆打女生，還會作弄和踢打小狗。不過他很怕貓。他甚至還會用石頭丟小鳥，有一次，他還踢翻一臺停在商店外面，裡面坐著一歲大寶寶的嬰兒推車。

長久以來，山米克倫先生和太太都搞不懂尼可拉斯為什麼會這樣。他們知道這孩子的塊頭比同年齡的小孩來得大，知道他和其他小孩的友誼都無法持續太久，也知道他很少受邀參加慶生會。不過他們都以為，那是因為尼可拉斯長得高壯又帥氣，需要年紀更大一點或更聰明的孩子陪他玩。事實上，就在這個故事開場的前一晚，尼可拉斯才又踢了貓，踩了狗兒約瑟芬的尾巴，然後大搖大擺的上床睡覺。山米克倫太太對先生說：「弗萊特，你有沒有發現我們的小尼可拉斯實在長得又高又壯又好看。」

正在專心研究晚報上的股票和債券資訊的山米克倫先生說：「對啊，他的腳長得好快，下個月又得買一雙新鞋了。」

「我知道，」山米克倫太太像是在做夢一般。「他的腳實在太大了，幾乎就快要和你的腳一樣大。」

「那太好了，」山米克倫先生喜形於色。「說不定，他可以穿得下我在芝加哥買的那雙暗紅色的厚底皮鞋，那雙鞋花了我不少錢，可是我怎麼穿都不合腳。」

「有小男孩穿那種皮鞋嗎？」山米克倫太太問。

「有差嗎？」山米克倫先生說：「鞋子就是鞋子，況且還是全新的。亞伯拉罕．林肯總統小時候連鞋子都沒得穿呢。」

「可是弗萊特，親愛的，」山米克倫太太憂心忡忡的說：「尼可拉斯是個好動的孩子，他需要的是一雙運動鞋。」

「胡說八道，」山米克倫先生說：「鞋子就是鞋子，它們的目的只是在讓你的腳離開冰涼的地面而已。」

第二天早上，山米克倫太太非常猶豫的拎著那雙厚實堅固的厚底皮鞋，走進尼可拉斯的房間。她說：「親愛的，你看，這是你爸在芝加哥買的。」

尼可拉斯把腳套進其中一隻鞋子裡，仔細檢視了一番，然後出乎他母親意料之外的說：「太棒了，好堅固的鞋啊！我今天可以穿去學校嗎？」

「我覺得這雙鞋比較適合穿去參加教會的主日學，」媽媽說：「可是，我想穿去學校應該也沒什麼關係。」

還穿著睡衣的尼可拉斯，迫不及待的將他另一隻光腳丫也套進鞋子裡。他喜出望外的說：「雖然有點大，可是夠重、也夠堅固。」

山米克倫太太大大的鬆了口氣，然後便下樓去煎鬆餅。

當尼可拉斯邁著沉重的腳步下樓吃早餐時，山米克倫先生說：「兒子，新鞋子嗎？」

「對呀，」尼可拉斯說：「又新又堅固，我敢打賭，用這雙鞋子踢人，一定可以把人的腳踢斷。」

專心看報的山米克倫先生漫不經心的回應：「嗯……」

而正在將鬆餅翻面的山米克倫太太則說：「尼可拉斯，親愛的，你要幾根香腸呢？」

「十根香腸和十四片鬆餅。」說完，尼可拉斯咕嚕咕嚕一口喝光他的柳橙汁。

「天哪，你真是個高大強壯又飢餓的男孩。」媽媽愉悅的說。

吃完了早餐，尼可拉斯穿著那雙不合腳的新鞋子，踏著「砰砰砰」的腳步聲上學去了，山米克倫先生也穿著自己的新鞋子去上班，山米克倫太太為自己倒了一杯咖啡，坐在電話旁打電話給朋友。她才剛和瑪莉・海克斯聊完，電話就響了。是小羅斯柯伊・艾格爾的媽媽，她憤怒又哽咽的說：「卡羅塔，如果妳不好好管管那個大惡霸，我就要打電話報警了。」

「什麼大惡霸？」山米克倫太太天真的問。

「什麼大惡霸！」艾格爾太太尖叫起來。「還裝蒜，妳根本就知道。」

「我不知道啊，」山米克倫太太說：「什麼惡霸？」

「噢，妳怎麼可能不知道，」艾格爾太太說：「因為全國最壞、最殘酷、最狠心的惡霸就是妳兒子——尼可拉斯．山米克倫。」

「我家的尼可拉斯？」山米克倫太太問。

「對，就是妳家的尼可拉斯，」艾格爾太太說：「今天早晨上學途中，他用腳上那雙新鞋子踢了我們家小羅斯柯伊的小腿，結果現在小羅斯柯伊躺在家裡的沙發上，繃帶從小腿一路纏到膝蓋，腳到現在還在流血，就我所知，他的兩根脛骨都斷了。」

「真糟糕，」山米克倫太太哀嘆。「這麼嚴重啊。我要打電話給醫生嗎？」

「我已經打了，」艾格爾太太冷靜的說：「醫生就快到了。可是我想知道，妳打算怎麼處罰尼可拉斯。」

「我當然會處罰他，」山米克倫太太說：「可是我不太明白，這聽起來實在不太像是尼可拉斯會做的事呀。」

「就是他踢的，」艾格爾太太說：「千真萬確。他整天欺負那些個子比他矮小的孩子，還會踢狗，把小寶寶的玩具扔在地上，撞翻小女孩的腳踏車、扯貓的尾巴。好了好了，不說了，我聽見小羅斯柯伊在叫我了。」

「潔西，親愛的，我真的很抱歉，」山米克倫太太說：「我馬上過去一趟，帶些著色本和昨天烤的甜餅乾給他。」

掛上電話後，山米克倫太太哭了一會兒，接著她想起那雙厚底皮鞋，便擤了擤鼻涕，擦乾眼淚，打電話給山米克倫先生。

山米克倫先生接電話後，她怒氣沖沖的說：「這下子你高興了吧！」

「高興什麼？」山米克倫先生問。

山米克倫太太哭了起來。「都是那雙爛鞋子，根本不適合尼可拉斯。」

「到底是怎麼回事？」山米克倫先生說。

於是，山米克倫太太將艾格爾太太在電話中說的事，原原本本告訴他。

山米克倫太太說：「如果沒有那雙鞋，就不會發生這樣的事了。我決定把那雙鞋送出去。」

山米克倫先生說：「親愛的，仔細聽好，錯不在鞋子，而是尼可拉斯。畢竟，鞋子又不會硬抓著他的腳，強迫他去踢小男孩的脛骨，是不是？」

「嗯，我想也是。」山米克倫太太嗚嗚咽咽的說。

「好啦，」山米克倫先生說：「現在最重要的不是他踢人的那雙鞋子，而是他踢了個子比他小的男孩。對不對，親愛的？」

「對。」山米克倫太太說。

「那麼，」山米克倫先生說：「等尼可拉斯放學回來後，妳就要他回房間去好好反省，等我回家再處置他。」

就在那時候，山米克倫太太想起尼可拉斯還踢了狗，把小寶寶的玩具扔到地上，踢翻小女孩的腳踏車，扯貓的尾巴。於是她說：「可是他不只用那雙鞋子踢人，艾格爾太太還說……」她將尼可拉斯所有惡劣行徑，全都一五一十告訴先生。

等她說完，山米克倫先生說：「我可不想要有一個惡霸兒子。我最好現在就去學校一趟，好好教訓那個年輕人。」

「你打算怎麼做？」山米克倫太太氣息懨懨的問。

電話那頭沉默了很長一段時間，山米克倫先生才終於又開口了：「妳為什麼不打電話給皮克威克奶奶？」

「噢，弗萊特，你真是太聰明了，」山米克倫太太：「我馬上打電話給她，她一定知道該怎麼做。她一向很有辦法。」

幾分鐘後，皮克威克奶奶剛從後院採完堅果要給兩隻松鼠泰勒和菲爾伯吃，聽見電話響了。她拿起話筒後問好，電話那頭傳來既悲傷又羞愧的聲音：「妳好，皮克威克奶奶。」皮克威克奶奶馬上就知道是誰了。

接著。山米克倫太太便滔滔不絕的將尼可拉斯踢人、丟東西、推打小孩的事，一股腦兒的全都說出來，皮克威克奶奶以溫柔的聲音說：「我知道，山米克倫太太，不用妳說，我全都知道。」

「妳是說，還有其他孩子的母親打電話給妳嗎？」山米克倫太太說。

「沒有，沒有，」皮克威克奶奶說：「不過，尼可拉斯來我這裡玩有好長一段時間了，我一路看著他從又瘦又小的孩子，長成強壯健康又好看的男孩。山米克倫太太，妳應該以他為榮。」

「我是啊，」山米克倫太太說，「直到今天早上以前，我一直都以他為榮。可是，聽到那些事以後，我真希望他還只是那個瘦小又虛弱的孩子。」

「別這麼說，」皮克威克奶奶說：「有個健康又好看的兒子很好。妳現在需要的，就是讓尼可拉斯的行為能和他的外貌一致。」

「我搞不懂，」山米克倫太太說：「為什麼尼可拉斯會做出這麼可怕的事。我和他爸爸從來沒有這樣對待他啊。」

「妳們當然沒有，」皮克威克奶奶說：「我也沒有，不過，他在這裡的表現也是那樣。好吧，如果這可以安慰妳的話，其實比利．麥克因塔也曾經是這樣，直到上星期他媽媽好好讓他洗了『惡霸澡』，他才改過來。」

「什麼是惡霸澡？」山米克倫太太問。

「就是在晚上洗澡的時候撒一點魔法藥粉在他們身上，惡霸每洗一次澡，就會變得弱一點，到最後，就像比利那樣，連他兩歲大的弟弟都能推倒他，坐在他身上了。」

「那他現在還好嗎？」山米克倫太太問。

「很好啊。」皮克威克奶奶說。

「太棒了，」山米克倫太太說：「我可以今天晚上就讓尼可拉斯洗惡霸澡嗎？」

「可是我剛剛在想，」皮克威克奶奶說：「就尼可拉斯來說，我不確定惡霸澡是不是最適合的療方。」

「為什麼？」山米克倫太太問：「那對比利不是很管用嗎？」

「我知道，」皮克威克奶奶說：「可那是因為比利有弟弟妹妹。所以我猜，說不定『領導藥丸』對尼可拉斯更有效。」

「領導藥丸？」山米克倫太太問：「那是什麼？」

「就是味道有點像薄荷的綠色小藥丸，」皮克威克奶奶說：「可以誘發出潛藏的優秀領導特質，在獨生子小孩身上尤其有效。尼可拉斯有遊戲室，或是其他可以帶朋友去一起玩的地方嗎？」

「嗯，他有一間很不錯的臥室。」山米克倫太太說。

「當然，」皮克威克奶奶說：「但我想的是地下室、車庫或搭在後院的帳篷那類空間。」

「啊，我知道了，我知道了，」山米克倫斯太太興奮的說：

「我們家後院有個老舊的小工作室，那是前屋主特別為他們的藝術家哥哥蓋的。我們現在用它來收園藝工具和除草機，尼可拉斯以前還在裡面養過兔子。我們可以把裡面的工具全搬到地下室，整理好以後給尼可拉斯用。」

皮克威克奶奶說：「妳為什麼不讓尼可拉斯自己動手整理呢？」

「他辦得到嗎？」山米克倫太太問。

「妳等著看領導藥丸的功效吧，」皮克威克奶奶說：「請尼可拉斯放學後，來我這裡一趟，我會讓他帶一個小瓶子回去。連續一星期，每天給他服用一顆，可是千萬別期待立刻就有什麼神蹟奇事發生，因為領導特質無法一蹴即成。我們保持聯絡，別擔心了。」

山米克倫太太一掛上電話，便馬上走到後院去看那間老舊的工作室。時序已經進入深秋，冬天即將到來，那條從後門廊通往工作的室的小徑，覆滿了深及腳踝的落葉，一路蜿蜒過荷蘭芹的小園圃，繞過種滿菊花的花床，鑽進蘋果樹下，再繞過栽種了草莓的木桶，以及結實累累的核桃樹，最後才抵達那間工作室。山米克倫太太踩在那些落葉上時，像是揉報紙般的清脆聲響不絕於耳。那間老工作室需要好好重新上漆，門前的階梯也凹陷鬆垮，門更是很難打開。

裡面堆滿了雜亂的園藝工具，布滿一地的泥煤和苔蘚、空桶子、咖啡罐裡裝著半滿的骨粉和石灰、斷掉的竹掃帚、電動割草機、空的種子袋和空花盆，還有尼可拉斯的第一臺腳踏車、小時候騎的大三輪車，以及聖誕樹的基座。

山米克倫太太環顧四周，然後沉沉嘆了口氣。她猶疑著是否不該理會皮克威克奶奶所說的話，先找雜物工老麥克來幫忙清理這個地方。就在這時候，她聽見電話響了，是山米克倫先生打來的，他想知道太太有沒有聯絡皮克威克奶奶，說了些什麼。山米克倫太太才剛和先生講完，小羅斯柯伊的媽媽也打電話來告訴她，醫生說小羅斯柯伊只是挫傷而已。等她打掃完屋子，隨便吃個三明治後，已經下午三點半了，尼可拉斯就要放學回家了。

她裝了一盤甜餅，倒了一杯牛奶，還拿了一顆紅蘋果，一起放在廚房的桌上。接著便上樓梳洗，換準備去雜貨店買東西的裙子和毛衣。當她列好購物清單的時候，突然聽見街上傳來一陣騷動。她趕緊跑到窗前一探究竟，赫然驚見尼可拉斯正高高舉起自己的地理課本，然後「砰」一聲重重打在骨瘦如柴的八歲女孩席薇亞．克朗區身上。山米克倫太太隨即用力拍打窗戶，並且大喊：「尼可拉斯．山米克倫，馬上給我住手！」

尼可拉斯瞥了媽媽一眼，便又高高舉起課本準備再出擊。

山米克倫太太見狀馬上狂奔衝到屋外，一把搶過他手中的課本，說：「你不覺得丟臉嗎？一個大塊頭男生竟然欺負小女生。」

「喂，她先惹我的。」尼可拉斯說。

「我沒有，」席薇亞尖叫：「是你先搶走我妹妹的蘋果，還拉我的頭髮。」

山米克倫太太說：「尼可拉斯，馬上把席薇亞妹妹的蘋果還給她。」

「沒辦法，」尼可拉斯面露為難的笑容說：「我吃掉了。」

「好，」他的媽媽說：「那你馬上進屋裡去，把廚房桌上那顆我為你預備的蘋果拿來，還給席薇亞。」

尼可拉斯不情願的拖著緩慢的步伐進屋裡，把蘋果拿出來，只是，他並沒有將蘋果交給席薇亞，而是用力砸向她。蘋果重重的砸在席薇亞的肚子上。「這是妳的爛蘋果。」尼可拉斯哈哈大笑說。

山米克倫太太用雙手緊緊攫住他的肩膀，使勁的搖晃他。

「尼可拉斯．山米克倫，向席薇亞道歉，然後馬上給我回自己的房間去。」

絲毫不感歉疚的尼可拉斯說：「噢，好吧，對不起，可是我希望妳的醜八怪妹妹被蘋果噎死。」

山米克倫太太一把攫起他的手臂，將他拖進屋裡。就在山米克倫太太準備命令他回房間的時候，突然想起皮克威克奶奶和領導藥丸的事。她開口說：「現在給我出門進車裡，我們要先去商店，回家時還要去皮克威克奶奶那裡一下。」

在商店的時候，尼可拉斯負責推購物推車，山米克倫太太採買需要的東西。原本一切進展順利，直到山米克倫太太去找大蒜和鹽巴，將尼可拉斯和那一車東西獨自留在狗食區，就出問題了。因為等她拿好東西準備返回的時候，突然聽見小孩的哭聲。

她趕緊三兩併步的走回尼可拉斯所在的位置，發現他正用自己裝滿東西的手推車，使盡全力推撞另一個不到六歲的小男孩。小男孩正哇哇大哭。

尼可拉斯笑得很開心，並且正準備用沉重的推車展開更大力的一擊時，突然被一隻強而有力的大手緊緊揪住衣領，猛力轉了一圈，撞上了堆放在一旁的狗罐頭，其中一個罐頭還狠狠的砸在他的頭上，另一個打中他的腳趾頭，還有一個敲到他的手腕。

「噢，」他大叫：「妳在幹麼啦。」

「我知道自己在幹麼，」媽媽對他說：「現在給我起來，去看看你有沒有把那個小男孩媽媽買的雞蛋撞破。」

尼可拉斯臭著臉站起來，一跛一跛的走過去，打開蛋盒。破了三顆。山米克倫太太拿走那三顆破蛋，從自己的蛋盒中拿出三顆蛋給小男孩，要求尼可拉斯道歉，並且用自己的零用錢買一盒動物脆餅給那個小男孩。從那之後，她便不再讓尼可拉斯離開自己的視線一步，直到他們驅車前往皮克威克奶奶家。她要尼可拉斯下車去拿領導藥丸，自己坐在車裡等。

不管是前院還是門廊，事實上，皮克威克奶奶整間屋子的裡裡外外全是小孩。他們搖來晃去、東挖西挖，縫東西的縫東西，蓋東西的蓋東西，還有人在畫畫、唱歌和踉踉蹌蹌的跳舞。大家都忙碌又開心，直到尼可拉斯打開大門。其實，他故意用力撞開大門，結果先是撞倒了一個正在騎三輪車的男孩，接著又踩了坐在地上玩沙包的小女孩的手指。

媽媽原本很高興的看見兒子拿了裝藥丸的瓶子從屋裡出來，沒想到那個被踩到手指的小女孩朝他丟了一支大棍子，丟完後，便一溜煙的跑回屋子裡，「砰」一聲關上門。尼可拉斯馬上追了過去，卻被媽媽用急切的喇叭聲和叫喊喚回車子裡。

回家途中，媽媽頻頻叨念著他的行為，他卻是哼哼嗯嗯，一臉笑意，絲毫不以為意。一回到家，還來不及整理剛買的東西，山米克倫太太就迫不及待先讓兒子服下一顆領導藥丸，然後命令他回自己的房間讀地理，並且好好反省那些令人厭惡的行徑。她還要尼可拉斯脫掉那雙厚底皮鞋，換上臥房拖鞋。他說：「可是我喜歡這雙大大的新鞋子，可以用力踢。」

那天晚餐的時候，山米克倫太太一直滿懷希望的盯著尼可拉斯，卻沒有發現領導藥丸在他身上發生絲毫作用，除非第一個跑到餐桌旁並且吃最多食物也是一種領導能力。然而，他沒有再踩約瑟芬的尾巴，也沒有踢貓，而且的確穿著臥室拖鞋安安靜靜的走路。

飯後，山米克倫太太啜飲著自己的第二杯咖啡時，突然想起可憐的小羅斯柯伊，以及自己答應要給他的蠟筆、著色簿和餅乾。他打電話給艾格爾太太，想問小羅斯柯伊睡了沒。得知他還沒睡，山米克倫太太便將所有的東西放進籃子裡，穿上外套。就在這時候，尼可拉斯開口了。「媽，讓我拿過去吧。」

山米克倫斯太太非常清楚艾格爾太太對尼可拉斯的觀感，也很了解艾格爾先生聲名遠播的壞脾氣，她說：「你確定真的想這麼做？」

「對啊，」尼可拉斯的語氣異常平靜。「我馬上去換鞋子。」

尼可拉斯提著籃子離開後，山米克倫太太說：「弗萊特，我實在很擔心，雖然我知道尼可拉斯的確應該要自己帶這些東西去給小羅斯柯伊，並且向他道歉，但你也知道艾格爾先生的脾氣有多可怕。要是他揍了尼可拉斯，該怎麼辦？」

「那也是尼可拉斯罪有應得。」山米克倫先生冷冷的說。

「你說得沒錯，」山米克倫太太憂心忡忡的說。她清理好餐桌、洗好碗盤、餵了貓、也餵了狗兒約瑟芬，寫了張紙條給送牛奶的人，還修補了尼可拉斯外套的破口，可是，尼可拉斯卻還沒回家。她又和山米克倫先生玩紙牌，通常，她都能輕而易舉的將山米克倫先生殺得片甲不留，今晚卻因為太擔心而一敗塗地。

最後，山米克倫先生終於開口了。「好啦，好啦，卡蘿塔，別擔心，尼可拉斯不會有事的。」

「可是，要是艾格爾先生發脾氣的話，該怎麼辦？」

就在那時候，大門開了，尼可拉斯一邊吹著口哨，一邊踏進家門。媽媽大聲叫喊：「尼可拉斯，小羅斯柯伊還好嗎？」

「哈，他很好啊，」尼可拉斯說：「我們還玩了好幾盤射飛鏢呢。」

「那他的腿呢？」爸爸問他。

「有不少擦傷，」尼可拉斯說：「我明天會騎腳踏車載他上學。」

「你向他道歉了嗎？」媽媽問。

「有啊，」尼可拉斯神情愉悅的說：「他自己覺得還好，可是他爸爸對我破口大罵，我還以為他會揍我。艾格爾太太一開始也不跟我說話，可是我道歉後，她就為我們煮熱可可。她人真的超好。嗯，我還有兩頁的地理作業要寫，先晚安囉。」

他主動親了親媽媽和爸爸，他已經不知道多久沒有這麼做了，其實，自從他變成趾高氣昂的惡霸後，就再也沒有這樣道晚安了。

第二天早餐的時候，山米克倫太太又給了尼可拉斯一顆領導藥丸。稍後，她很高興的看見，尼可拉斯小心翼翼的扶小羅斯柯伊坐上自己的腳踏車，然後載他上學。

那天，當他放學回家時，他說：「媽，那雙厚底皮鞋穿去上學實在太重了。可以幫我買一雙新的運動鞋嗎？」

「我會跟你爸爸討論一下。」媽媽說。

換好運動服後，媽媽問他要去哪裡，他說：「我跟席薇亞說，我會去幫她補腳踏車的輪胎。」

半小時候，他和席薇亞、席薇亞的妹妹還有小羅斯柯伊一起回來了。他把那些人留在門廊，自己進屋裡，興奮的輕聲對正在做蘋果翻轉蛋糕的媽媽說：「嘿，媽，我可以把家裡那輛舊三輪車送給席薇亞的妹妹嗎？她的都生鏽了，也太小了。我和席薇亞，還有小羅斯柯伊打算把我之前那臺三輪車重新油漆一下。」

「那很好啊，」山米克倫太太說：「你那臺車就在花園小屋裡，如果你可以把裡面的東西都搬進地下室，那倒是油漆三輪車的好地方呢。」

「耶，太棒了，」尼可拉斯緊緊抱著媽媽，頭髮都沾到麵粉了。「還有，」他要出門前說：「我邀請了班上一個男生來玩，他叫吉米．葛芬，但是他要先回家問媽媽。如果他來了，請他去花園小屋找我們。」

十分鐘後，吉米．葛芬騎著腳踏車如閃電般抵達。他和尼可拉斯一樣長得又高又壯，也有一頭紅髮和雀斑。山米克倫太太有點擔心，他和尼可拉斯可能不會善待那些比較小的孩子，因為現在除了席薇亞和她妹妹，還有她的弟弟、小羅斯柯伊、亞當家的四歲雙胞胎、以及七歲的波西拉．維克。山米克倫太太擔心到頻頻將眼神探出窗外，但一切似乎非常平和。過沒多久，他們就把花園小屋裡的東西都搬到地下室了，接著，席薇亞進屋裡來拿掃帚和畚斗，波西拉要了一桶水和抹布去洗窗戶，吉米來問松節油在哪裡，小羅斯柯伊則要了鋼絲去刷三輪車的鐵鏽。

四點半左右，山米克倫太太將烤好的九個蘋果翻轉蛋糕放在盤子上，打算帶去給孩子們吃的時候，卻聽見屋外傳來一陣騷動。她看向窗外，正好瞧見吉米伸出腳來，絆倒了正提著水桶的波西拉。她整個人撲跌在地上，水全潑灑在她身上的球隊外套，她哭了起來，吉米卻笑得前翻後仰。山米克倫太太趕緊到櫥櫃拿出一顆領導藥丸，端起她裝了反轉蛋糕的盤子，開了後門準備出去。但就在這時候，她簡直不敢相信自己的眼睛和耳朵，因為她竟然看見尼可拉斯——她的尼可拉斯，以前的超級惡霸，正在扶波希拉站起來，為她擦眼淚，還用嚴肅又堅定的語氣對吉米說：「聽好，吉米，波希拉比你小，還是女生，我們這裡誰也不能欺負女生或年紀小的孩子。如果你想找人打架，敢打的話，那就打我吧。」

吉米臭著臉說：「噢，我又沒有害她受傷，她只是個愛哭鬼。」

「我才不是，」波希拉說：「我是社區棒球隊的投手，可是你害我的球衣都溼透了，我要去跟爸爸說，他一定會揍扁你。」

席薇亞的妹妹說：「他一定會，因為他很高大。」

山米克倫太太說：「誰要吃剛烤好的蛋糕啊？」

「萬歲，太棒了！」孩子們全都尖叫著擠在山米克倫太太的身邊。

她給每個人一塊蛋糕，不過，把蛋糕給吉米前，她偷偷塞了一顆領導藥丸在蛋糕裡。

趁孩子們津津有味吃著蛋糕，山米克倫太太將波希拉的外套帶進屋裡，放在客廳的暖氣上烘乾，然後拿一件尼可拉斯的運動夾克給她穿。

再也沒有發生任何麻煩事了，而且就在孩子們準備回家吃晚餐的時候，席薇亞非常興奮的跑進屋裡，要山米克倫太太去工作室看看他們工作的成果，那輛三輪車的車身被漆成了亮紅色，配上銀色的手把和輪幅，簡直煥然一新。那間破舊的花園小屋也變得非常美麗，窗戶透明到發亮，地板也掃得乾乾淨淨，尼可拉斯和吉米還用兩個鋸木架和木板做了一張桌子。「這是我們的工作桌。」他們得意洋洋的說。

小羅斯柯伊．艾格爾說：「山米克倫太太，我們成立了一個團體，這裡的每一個人都是成員，我們可以幫人修理腳踏車或任何東西。」

波希拉說：「這個團體叫作『鄰居小孩』。」

「尼可拉斯是團長，」吉米說：「我是技術總監，因為我超懂機器，也超會修東西。」

「我是祕書，」席薇亞說：「我要負責安排工作，以及做計畫表。」

「我是、我是會計，」波希拉說：「我負責管錢的事，我們還要賣檸檬水來籌錢。」

「我是業務，」小羅斯柯伊說：「我要負責為大家找工作。」

「我們全都是助手，」亞當家的雙胞胎和席維斯的妹妹說：「我們跑回家拿爸爸的鐵鎚。」

「好啊，那我來為大家加油打氣。」山米克倫太太說。

「我也要，」來接小羅斯柯伊回家的艾格爾太太，不知道已經在旁邊站了多久，她開口說：「我覺得這個『鄰居小孩』團體的想法真是棒透了，我明天就烤布朗尼蛋糕帶來給大家。」

「還有，」山米克倫太太說：「我會幫你們找找，看看有沒有適合擺在這裡的家具。我廚房裡就有一張舊桌子，閣樓裡也有四張椅子可以搬過來用。」

「媽，我們可以在這裡弄一個壁爐嗎？天氣冷的時候可能會需要，」尼可拉斯問：「我們會用擋火板，而且會非常非常小心，可以嗎？」

「我有個舊的壁爐格柵可以給他們，」艾格爾太太說：「如果燒炭，又用擋火板，我想應該很安全，對吧，卡蘿塔？」

「尼克和我會盯著這些小小孩，」吉米認真的說：「畢竟我們是這裡年紀最大，個子也最大的人。」

於是，這個「鄰居小孩」團體便不斷增長。爸媽們分別帶來不同的家具，他們甚至還有了一張舊沙發，盤子、餅乾、蘋果、汽水、花生和爆米花更是從來沒少過。山米克倫先生親手為男孩們做了一個可以收納工具的工作檯，還帶一些舊工具給他們使用。就連非常擅長木工的艾格爾先生，也收起他的壞脾氣，過來幫助大家做了一道門廊。亞當家雙胞胎的媽媽曾經是藝術家，特別做了一個漂亮的招牌，上面畫了好幾個笑臉盈盈的孩子紛紛高舉著「鄰居小孩」幾個紅色的字。

他們正式掛牌那天，特別邀請皮克威克奶奶過來喝茶。山米克倫太太做了椰子蛋糕，艾格爾太太帶來一大盤軟糖，壁爐裡燃著暖暖的爐火，那張被席薇亞和波希拉漆成粉紅色的桌子上，鋪著粉白格子狀的桌巾，唯一的狀況是——油漆還沒乾，她們就鋪上桌巾，結果桌巾黏住了，雖然他們怎麼也拆不下來，但看起來真的很漂亮。

皮克威克奶奶回家前，特別進屋裡探望山米克倫太太。山米克倫太太說：「噢，皮克威克奶奶，我對您真是感激不盡，永遠感激不盡啊！」

皮克威克奶奶說：「別謝我，真正要感謝的是皮克威克爺爺，要不是他留了那口裝滿治療小孩壞毛病的神奇療方的舊箱子，我也沒辦法。那真是他留給我最棒的東西了。」

「哈，對了，」山米克倫太太說：「我還剩下不少領導藥丸，我拿來還妳。」

「妳怎麼不自己留著，」皮克威克奶奶說：「我還有很多。況且，隨著新搬來的家庭，會有愈來愈多小孩來到妳們家後院的這間小屋子，說不定哪天還用得到呢。」

「嗯，除了尼可拉斯，我還用在其他兩個大孩子身上，」山米克倫太太說：「噢，皮克威克奶奶，我現在真的非常以尼可拉斯為榮，他對小小孩不但很有耐心，也非常友善。」

「那是當然的，」皮克威克奶奶說：「其實，他的內心可能一直都是如此，只不過，偶爾有些小孩，尤其是男孩，身體長得比他們的耐心和友善還要快。領導藥丸只不過是幫助他們平衡一下罷了。當然，這個了不起的小團體也幫了不少忙，孩子們愈忙就愈開心，愈開心就愈不會吵架囉。」

皮克威克奶奶走在黃昏的街道上，她的狗晃晃和貓躡躡隨侍在兩旁。山米克倫太太用圍裙擦拭掉眼角的淚水，喃喃自語的說：「尼可拉斯真是全世界最棒的小孩了。」

第4章 愛說悄悄話療方

星期五下午，惠凡妮老師正在為班上的學生念故事。她通常會念半個小時，但如果故事很有趣，小朋友安靜又專心，她就會念久一點。這個星期五，她讀的是日本民間故事「買夢人」。

就在她念故事的時候，教室後面的角落傳來「嘰哩呱啦……嘻嘻嘻……」的聲音。惠凡妮老師停了下來，她說：

「等艾芙琳・羅福和瑪莉・克萊克講完話，我再繼續念。」

可是，艾芙琳和瑪莉只顧著窸窸窣窣說著悄悄話，完全沒有聽見老師說了什麼。她們的座位並排在一起，所以只要稍微靠過身子越過走道，兩個人就能交頭接耳、嘻嘻哈哈的說悄悄話，非常方便。她們正興致高昂說著艾芙琳下星期六要舉辦的慶生會，艾芙琳的媽媽打算邀請班上所有的小女孩都來參加，可是她不想讓柯妮莉亞參加，因為柯妮莉亞上次從二手舊衣拍賣會中買走了她的衣服。「嘰哩呱啦……嘻嘻……」她們窸窸窣窣、竊竊私語的說個沒完，但全班同學快等到沒有耐心了，因為他們都很希望惠凡妮老師繼續念故事。

終於，惠凡妮老師放了一枝鉛筆在書上做記號，站了起來，拿尺用力拍了一下自己的桌子，用響亮的聲音說：「艾芙琳．羅福和瑪莉．克萊克！馬上給我到前面來！」

兩個小女孩畏縮的打了個寒顫，站起來，走向惠凡妮老師的桌子前。瑪莉覺得羞愧又戰戰兢兢，不過，艾芙琳倒是甩著她那個綁著「純銀」髮飾的小馬尾，拖著她每天都穿來學校的宴會鞋，故意半閉著眼，表現出一副高傲又很不耐煩的模樣。她的好朋友瑪莉非常崇拜她所做的每一件事，她很希望自己能像艾芙琳一樣，看起來像個高傲的公主，完全不怕老師。

惠凡妮老師說：「我想，全班同學都很想知道，妳們到底在說什麼重要的事情，竟然等不及念故事時間結束後再說。」

瑪莉低下頭，臉紅了。

艾芙琳則大膽的說：「我是很想告訴妳啦，惠凡妮老師，我真的很想喔，可是我答應過我媽不能說，因為這件事和我的慶生會有關，而且並不是每一個人都有被邀請。」她轉過身，惡狠狠的瞪了柯妮莉亞一眼，再回過頭看著正在偷笑的瑪莉。

惠凡妮老師嚴厲的說：「慶生會和學校無關，不准在上課時間討論，尤其是我正在念故事的時候。還有，妳們兩個放學後留下來，為今天下午念的故事寫一份心得報告。現在回去坐好。」

瑪莉一溜煙的回到教室後面的座位上坐好，完全不敢多看班上同學一眼，但是，艾芙琳卻得意洋洋的繞過教室，悠哉的晃回自己的座位，她後腦杓的小馬尾放肆的搖來搖去。她坐下來，「砰」一聲用力打開桌蓋，以發出最大聲音的方式拿出鉛筆和紙張，開始寫讀書心得報告。瑪莉一臉崇拜的看著她，搗著嘴唧唧

咯咯的發笑。

惠凡妮老師嘆了口氣。她翻開書，繼續念。她抬起頭看班上學生，聽故事的反應，大家都笑得很開心，尤其是柯妮莉亞，她的臉頰紅潤，眼中還閃爍著喜悅的光芒。

「柯妮莉亞，妳很喜歡這個故事，對不對？」惠凡妮老師溫柔的問。

「對呀，」柯妮莉亞發出讚嘆：「這個故事太棒了。」

就在這時候，教室後面傳來像蛇吐信般的嘶嘶噓聲，還伴隨著嘰嘰喳喳、吱吱咯咯的笑聲。瑪莉和艾芙琳的頭又湊在一塊兒了，她們手摀著嘴，眼睛盯著柯妮莉亞，不知道在說些什麼。

惠凡妮老師板著臉說：「大家下課，瑪莉和艾芙琳留下來。」

瑪莉和艾芙琳終於寫完報告，交到老師的書桌前，惠凡妮老師說：「妳們兩個有沒有想過，如果沒有爸爸，也沒有新的漂亮衣服，是什麼樣的感覺？尤其是班上有兩個成天說悄悄話嘲笑妳們，還不邀請妳們參加慶生會的同學？」

瑪莉低下頭，撥弄著運動衫的鈕扣。

艾芙琳說：「我不在乎啊。」

「妳一定在乎，」惠凡妮老師說：「妳比班上任何一個同學都在乎。」

「我媽說，我有天生的時尚品味，」艾芙琳說：「她說啊，我將來長大以後一定會成為模特兒。」

瑪莉說：「我也是。」

艾芙琳趾高氣昂的哈哈大笑起來。「瑪莉，別傻了，」她說：「妳當不了模特兒啦。」

惠凡妮老師說：「艾芙琳，妳總有一天會知道，善良的心和謙遜的態度遠比『天生時尚品味』和美貌來得重要。妳們快回家吧，我還有考卷要改。」

回家途中，艾芙琳和瑪莉都在竊竊私語的談論著柯妮莉亞和她一身破舊的衣服、慶生會、男孩、惠凡妮老師被她們兩個搞得有多抓狂，還有凱倫．伊洛德總是想玩郵局遊戲，那不是很無聊嗎？就在她們走到瑪莉家時（艾芙琳家就在隔壁），一片巨大的烏雲突然飄過來遮蔽了太陽，說時遲那時快，豆大的雨滴便啪嗒啪嗒的落在人行道上。

「啊——」她們一邊尖叫，一邊脫下制服外套蓋住頭。瑪莉的媽媽正在籬笆旁為花床除草，她大喊：「嗨，女孩們，學校還好嗎？」

「噢，還好啦，」瑪莉說完，便又摀著嘴，對艾芙琳小小聲的說：「別跟媽媽說我們被留校的事。」

「我才不會說呢。」艾芙琳也小小聲說。

「說悄悄話是很沒禮貌的行為喔。」瑪莉的媽媽從一大叢夾竹桃後面對她們說。

「天啊，妳媽好抓狂。」艾芙琳摀著嘴，小聲的對瑪莉說。

「啥，她沒有抓狂啦，」瑪莉也小聲回應：「她只是不喜歡我們說悄悄話。」

「嘶——嘶、嘶！」瑪莉的媽媽在藍色的牛仔褲上擦擦手。「妳們聽起來就像兩條老蛇，也許我真該去市區一趟，幫妳們買一些蛇的食物，把廚房裡那些為妳們準備的巧克力蛋糕全部丟掉。」

「巧克力蛋糕！」兩個女孩尖叫：「耶，太棒了。」她們衝進房子，「砰」一聲重重甩上門。克萊克太太繼續除草，完全不理會愈來愈大的雨。等整理完花圃後，頭髮已經溼透了，雨水不停流進她的眼睛。但瑪莉的媽媽依然很開心，因為這場溫暖的春雨對花園來說是甜美的甘泉。她將鋤頭和小鏟子放在獨輪手推車裡的雜草堆上，準備推去垃圾桶倒掉的時候，突然瞥見一個孤獨的小身影斜倚在大門邊。她說：「妳好啊，妳是瑪莉的朋友嗎？」

那個身影就是柯妮莉亞。她說：「我是瑪莉班上的同學。天啊，妳的花園好漂亮，我也好喜歡花園，可是我家住在拖車裡，沒有花園。」

瑪莉的媽媽說：「那妳爸爸一定在附近的大工廠工作囉？」

「不是，我爸爸……過世了，」小女孩說：「是媽媽在那裡工作。那個拖車是她一位同事的，先借給我們住。」

「噢，天啊，我到底在做什麼？」瑪莉的媽媽說：「我們竟然站在這裡淋雨，都溼透了。一起進屋裡去吧。瑪莉和她的好朋友艾芙琳正在廚房裡吃我剛烤好的巧克力蛋糕呢。」她走過去推開大門，小女孩卻向後退。

「快進來呀。」瑪莉的媽媽將門推得更開一些，一陣強風襲來，兜著整間房子吹得咻咻作響，雨下得愈來愈急了。只是，小女孩依舊向後退卻。瑪莉的媽媽探出身子，一把攫起她的手，將她拉進院子。「來吧，」她笑著說：「我們得快一點，要不然蛋糕就被那兩隻貪吃的小豬吃光了。」她把柯妮莉亞拉近身邊，沿著小徑一路跑上後門廊，進入廚房。

「妳們看，」她對正坐在廚房桌邊吃著一大塊蛋糕的瑪莉和艾芙琳說：「我帶了一位妳們的朋友來。」

「妳在哪裡發現她的？」瑪莉沒好氣的問。

「她是被一陣大風吹來的。」瑪莉的媽媽說。

瑪莉和艾芙琳互相交換了一個詭異的神情，然後便又把頭湊在一起，開始說悄悄話。

克萊克太太嚴厲的說：「瑪莉，妳的禮貌到哪裡去了？介紹一下妳的朋友啊，然後請她吃蛋糕。」

瑪莉看了艾芙琳一眼，她用手摀著嘴巴，傾過身子，挨近瑪莉的耳邊再說了幾句悄悄話。

瑪莉唧唧咯咯笑了起來。艾芙琳也是。柯妮莉亞頓時滿臉通紅。

克萊克太太說：「瑪莉．克萊克，馬上給我停下來，不准再說悄悄話，這實在太沒禮貌，而且很不友善。瑪莉，現在就站起來歡迎妳的朋友，並且好好介紹她。」

瑪莉悶悶不樂、慢慢的站起來說：「媽，向妳介紹我的朋友柯妮莉亞……呃……呃……」

「破布袋。」艾芙琳故意大聲的說。接著，兩個人便又爆出咿咿哈哈的笑聲。

克萊克太太說：「瑪莉，給我上樓去，待在妳的房間裡！艾芙琳，妳也可以回家了。柯妮莉亞，我們一起來喝茶、吃蛋糕。」

「呃，沒關係，」柯妮莉亞低聲說：「我該走了。」

「可是妳什麼都還沒有做啊，」克萊克太太說：「快！瑪莉，馬上上樓回房間。來，艾芙琳，這是妳的外套，快走吧。」

瑪莉說：「可是艾芙琳的蛋糕還沒吃完，這樣就趕她回家，我覺得太沒禮貌了。」

「這個家的禮儀歸我管，」瑪莉的媽媽說：「妳上樓去。」

瑪莉臭著臉走出廚房，艾芙琳出門時故意重重的甩上門。克萊克太太切了兩大塊香濃的巧克力蛋糕，在茶壺裡注入熱水，然後便和柯妮莉亞坐了下來。她邊吃邊問柯妮莉亞一些學校與家裡的事，有沒有朋友和她一起玩（答案是沒有），而柯妮莉亞則是問克萊克太太怎麼種花，還有必須照顧多久才會開花。

她們才剛喝完茶，後門突然傳來敲門聲，是艾芙琳，她說，媽媽要她過來道歉。於是，她非常冷淡的道了歉，並且說：「柯妮莉亞，媽媽說我必須邀請妳來參加我的慶生會，明天開始的一個星期後，十二點。」

「噢，謝謝，」柯妮莉亞笑著說：「謝謝妳，艾芙琳，非常謝謝妳邀請我。」

艾芙琳依舊一臉冷淡，她打開後門，正準備出門時，卻又轉過頭來說：「穿乾淨像樣一點的洋裝來，如果妳有的話。」說完，她便甩上門離開了。

柯妮莉亞漲紅著臉，兩顆大大的淚珠便撲簌滴落在盤子裡的蛋糕碎屑上。瑪莉的媽媽說：「有時候，我真的很難再回想起艾芙琳以前可愛善良的模樣。算了，我有一個和慶生會有關的想法，我覺得很不錯，但如果妳不喜歡就直接說。是這樣的，我們兩個都喜歡園藝，我也有個大花園，需要幫手來拔雜草和植栽，所以，妳要不要每天放學後都來幫我整理花園，報酬就是——我會為妳買一件新洋裝，讓妳穿去參加艾芙琳的慶生會。」

柯妮莉亞說：「噢，天啊，我明天放學後馬上就來，我會一路用跑的過來。」

「不必那麼急啦，」瑪莉的媽媽哈哈大笑。「不過妳最好帶件舊的牛仔褲和鞋子，拔雜草會把自己搞得很髒。好啦，我先把盤子放進水槽，然後開車送妳回家。」

柯妮莉亞說：「克萊克太太，我來把盤子洗乾淨，我很喜歡洗盤子。」說完，她便從座位上跳起來，開始將桌上的杯盤都收進水槽。

瑪莉的媽媽說：「謝謝，柯妮莉亞，真的很感謝。那我先上樓去，換掉這一身園藝工作服，然後開車送妳回家。」

換好衣服後，克萊克太太走進瑪莉的房間。瑪莉正悶悶不樂的坐在窗邊，看著窗外大雨，她問瑪莉要不要一起送柯妮莉亞回家。

瑪莉說：「艾芙琳也能一起去嗎？」

「不行，她不能去，」克萊克太太斬釘截鐵的說：「她今天下午對柯妮莉亞太沒禮貌了，而且，我也受不了妳一直跟她說悄悄話。」

瑪莉說：「艾芙琳．羅福是我全世界最好最好最好的朋友耶，她所有的一切我都很喜歡，如果妳不讓她一起去，我就不去。為什麼要讓柯妮莉亞來這裡？根本沒有人喜歡她。」

克萊克太太說：「她很孤單，她的媽媽必須工作，她每天放學後就只能回到那個停拖車的小公園裡，待在空無一人的拖車。如果是妳，會喜歡自己一個人待在那裡嗎？」

「才不要，」瑪莉說：「實在太慘了，我覺得她很可憐，也為自己取笑她的事感到羞愧。」

「妳確實應該感到羞愧，」瑪莉的媽媽伸手抱了抱她。「好啦，快點去洗洗臉，天快暗了，我還得去商店買點東西。」

她們下樓時，柯妮莉亞已經洗好了杯盤，甚至連狗的飲水盤也都洗得一乾二淨。克萊克太太向她道謝，瑪莉說：「天哪，都洗得好乾淨哦，柯妮莉亞，希望妳以後每天下午都來。」

「她這一陣子都會來，」克萊克太太說：「幫我整理花園。」

瑪莉一臉驚訝，但是在她還來不及開口說話時，她的兩個弟弟羅比和比利就爭先恐後的從後門進來。羅比手中捧著一隻知更鳥的幼雛，比利則拿著鳥巢。羅比說：「媽，妳看這隻可憐的小知更鳥，牠掉在阿姆斯壯家前面的人行道上，我敢打賭，一定是他們家那隻老貓把牠打下來的。」

比利說：「鳥巢就掉在旁邊，裡面還有蛋殼呢。如果我們把鳥巢修好，可以讓牠待在裡面，留在我們的房間嗎？」

「我不知道耶，」克萊克太太說：「先讓我看看那隻小鳥。」她輕輕從羅比的手中接過那隻鳥寶寶，放在餐廳的桌上。那隻鳥突然倒下來，把頭伸進翅膀下面。克萊克太太說：「我也不知道該怎麼辦，老實說，我對鳥寶寶的事一竅不通。」

「我知道，」柯妮莉亞說：「我去年照顧過一隻知更鳥寶寶。我想這隻小鳥應該是餓了，你們快去外面挖些蚯蚓，我來為牠做個盒子，就像去年為我的小鳥做的那樣。」

「我們要去哪裡找蚯蚓啊？」羅比問。

「車庫旁邊的堆肥，那裡一定有很多蚯蚓，」克萊克太太說。

「那要怎麼餵小鳥啊？」瑪莉說。

「等挖到蚯蚓，我餵給妳看，」柯妮莉亞說：「但得先為牠做個盒子，我們需要一個舊鞋盒和一些棉花。」

克萊克太太說：「我衣櫃的架子上有個鞋盒，壁櫥最上面的抽屜裡有一綑棉花。瑪莉，上樓去拿過來。」

瑪莉摀著嘴，小小聲的對柯妮莉亞說：「跟我一起上樓，我給妳看我的漂亮手環。我還有一個銀色小電話，很可愛喲。」

柯妮莉亞也用手摀著嘴巴，悄悄的對她說：「我明天來的時候，再帶我蒐集的明星相片給妳看，有一百多張哦。」

瑪莉繼續輕聲說：「一百多張！太棒了！一定要帶來。」

「嘶、嘶——」克萊克太太說：「男孩們都快抓蚯蚓回來了，妳們卻還沒有把鳥巢修好。」

瑪莉和柯妮莉亞趕緊跑上樓，柯妮莉亞一眨眼就做好盒子了。她們下樓的時候，羅比和比利正好站在那隻鳥的旁邊（他們已經給小鳥取名叫艾德麥洛，根據南極探險家艾德麥洛・拜耳的名字），正忙著把牠的頭從翅膀下面拉出來，打算將一隻在桌子上拼命扭動的緊張大蟲，塞進牠的嘴裡。

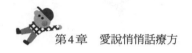

柯妮莉亞搗著嘴悄悄的對瑪莉說：「那兩個男孩是不是不太聰明啊？他們根本不知道怎麼餵鳥吃東西。」

瑪莉唧唧咯咯笑了起來。「哈，」她也小聲說：「男生都超笨，蟲子超噁的啊！」

羅比和比利說：「喂，別在那裡說悄悄話和偷笑，教我們怎麼餵鳥。」

柯妮莉亞走到桌邊，抓起蟲子。

瑪莉大聲尖叫，「咦——別碰，柯妮莉亞。」

柯妮莉亞說：「只是蚯蚓啦，看好喔。」她抓起蟲子，開始用它輕輕搔著艾德麥洛。過了一會兒，那隻小知更鳥便仰起頭，看著蟲，張開嘴巴，柯妮莉亞便把蟲放進牠的嘴裡。咕嚕幾聲把蟲吞進去後，便又張開嘴巴。這次換羅比把蟲子放進牠的嘴裡，接著是比利，然後又換柯妮莉亞，再輪到羅比和比利，最後才是瑪莉。

就在那時候，克萊克太太說她必須去商店一趟，她問男孩們要不要跟，還是想待在家裡幫他們的鳥挖蟲子。他們當然選擇留在家裡餵小鳥，於是，柯妮莉亞、瑪莉和克萊克太太，便一起出發去商店，順道送柯妮莉亞回家。

當瑪莉看見柯妮莉亞住的那個停在小公園裡、油漆斑駁剝落的老舊拖車時，便對自己先前和艾芙琳的作為感到十分羞愧。於是她衝動的對柯妮莉亞悄悄說：「妳要不要加入我和艾芙琳的祕密小團體？我們叫『悄悄話小組』。」

「噢，好啊，我很樂意。」柯妮莉亞也悄聲回應。

「那麼，明天早上學校見囉。」瑪莉悄聲說。

「好。」柯妮莉亞悄聲回答。而且因為習慣一直用這種方式說話，所以也小小聲的對克萊克太太說：「謝謝妳的蛋糕，也謝謝妳載我回家。」說完，她們全都忍不住笑哈哈大笑起來。克萊克太太說：「妳們幾個女孩最好自己多留意，免得有一天忘了怎麼大聲說話。」

回家途中，瑪莉跟媽媽說，她真的覺得對柯妮莉亞非常抱歉，也告訴她邀請柯妮莉亞加入「悄悄話小組」的事。克萊克太太也告訴瑪莉，艾芙琳的慶生會和她的言行舉止多令人厭惡，還有請柯妮莉亞來家裡幫忙整理花園，換取一件新洋裝的事。瑪莉說，她覺得媽媽實在太棒了，傾過身子給了媽媽一個大擁抱。

克萊克太太忍不住開心的笑了出來，因為，就算瑪莉沒有改掉說悄悄話的習慣，至少又變回那個甜美可人又友善的女孩了，克萊克太太迫不及待想把這件事告訴克萊克先生。

第二天早晨，陽光燦爛，小鳥歡唱，真是美好極了。小知更鳥艾德麥洛不但還活著，而且啾啾叫個不停。早餐過後，艾芙琳便來敲後門了。她穿了一件全新的綠色洋裝，裙子又蓬又大，新的綠涼鞋和新的綠毛衣，就連後腦杓的小馬尾也紮著綠絲帶。

瑪莉說：「噢，艾芙琳，妳看起來好可愛，真是太可愛了。」

艾芙琳眨了眨眼說：「哼，我可不這麼覺得。」

瑪莉的媽媽說：「瑪莉，別忘了妳的拼字簿，放學後記得和柯妮莉亞一起走路回來。」

艾芙琳說：「柯妮莉亞！那個破布袋。為什麼？」

瑪莉摀著嘴悄悄的說：「我覺得她好可憐，她住在一個又小又老舊的拖車裡，而且她要來幫我媽媽整理花園。」

艾芙琳也摀著嘴悄悄的說：「我一點都不覺得她可憐。她根本就是個醜呆瓜，衣服髒得要命，我還在為媽媽要我邀請她來參加慶生會生氣呢。」

克萊克先生不悅的說：「嘶——嘶——嘶——妳們兩個……」

瑪莉說：「爸！艾芙琳，快點，我們要遲到了。」說完，她又開始對艾芙琳說悄悄話：「嘶——嘶——嘶——」

「喂，快去上學，」克萊克太太生氣的說：「我真是受夠了妳們一天到晚說悄悄話和竊笑。」

打發女孩們上學後，她為克萊克先生和自己又倒了杯咖啡。

克萊克先生一邊攪拌杯子裡的糖，一邊說：「一定得想想辦法，解決這兩個可怕小女孩的壞毛病。」

「可是，要怎麼做？」克萊克太太說：「你有什麼建議？」

「我想，我們最好打電話給皮克威克奶奶。」克萊克先生說。

「我也這麼認為，」克萊克太太說：「馬上就打。」

不過，她當然沒有「馬上」就打電話給皮克威克奶奶，因為羅比和比利也上學去了，而艾德麥洛的肚子還沒有填飽，所以克萊克太太一整個早上都在堆肥裡挖蚯蚓。終於餵飽艾德麥洛後，她已經累得只能坐下來喝咖啡。然後，又得繼續洗早餐的盤子、鋪床和清理客廳。

好不容易忙完了，突然有人來敲他們家的後門，嚇了她一跳。是羅福太太。她說：「伊莉莎白，我真的很擔心艾芙琳。她最近變得好刻薄，而且一天到晚嘶個不停的說悄悄話，她竟然還跟我說，她沒有邀請可憐的柯妮莉亞來參加她的慶生會，真是讓我太震驚了。她現在完全不用正常的聲音說話，就只是從早到晚不停的嘶、嘶——卡特和我幾乎都要抓狂了。」

克萊克太太說：「如果可以安慰妳的話，那我要告訴妳，我們家也好不到哪裡去。老實說，我先生也快受不了，他要我打電話給皮克威克奶奶。我正打算要這麼做呢。」

「住在楓樹街那個矮小風趣的奶奶？」

「對啊，就是那位奶奶，聽說她比鎮上任何一個人都了解小孩，還會用各種神奇的方法來解決他們的壞毛病。」

「嗯，那看在老天爺的份上，現在就打給她吧，」艾芙琳的媽媽說：「也許她能告訴我們該如何在慶生會前除掉瑪莉和艾芙琳的刻薄態度。要是沒辦法，那我就不打算辦慶生會了。」

當皮克威克奶奶聽完艾芙琳和瑪莉的問題後，她說：「最近一定有一股愛說悄悄話的歪風正在流行，我的『悄悄話棒棒糖』幾乎快沒了。」

「悄悄話棒棒糖？」克萊克太太問：「那是什麼？」

「一種神奇的棒棒糖，」皮克威克奶奶說：「只要舔個兩、三下，說話的聲音就會小到比說悄悄話還要小聲。而且，味道非常棒，是覆盆子櫻桃的口味，小孩都超愛，尤其是小女孩。」

「說話比悄悄話還小聲的情況會持續多久？」瑪莉的媽媽問。

「通常是一整天，」皮克威克奶奶說：「不過得看那孩子吃悄悄話棒棒糖的速度而定。妳和羅福太太需要幾支？」

「我真的不知道，」瑪莉的媽媽說：「妳覺得呢？」

「應該要七支，」皮克威克奶奶說：「艾芙琳和瑪莉各三支，柯妮莉亞一支。」

「可是，柯妮莉亞應該不需要吧。」克萊克太太說。

「她需要，」皮克威克奶奶說：「一旦她開始和瑪莉建立友誼，她也會開始說悄悄話，她們通常都會那樣。我會請比利和羅比帶棒棒糖回去，今天這裡有幼童軍的活動。」

「噢，皮克威克奶奶，真是太感謝妳了！」瑪莉的媽媽滿懷感激的說。

「不客氣，」皮克威克奶奶說：「無論結果如何，記得打電話告訴我。」

「好，我會的。」瑪莉的媽媽說。

接著，她告訴艾芙琳的媽媽悄悄話棒棒糖的事，她高興極了，事實上，她們兩個都高興得快飛起來，頻頻說著這有多麼神奇，彷彿一切都已經發生了。只是，當她們看見艾芙琳和瑪莉互相摟著彼此的腰走在街上，頭湊在一起不停說著悄悄話，而柯妮莉亞垂頭喪氣、孤零零的跟在她們身後時，這兩位媽媽的心又跌進谷底了。

「妳看看，」艾芙琳的媽媽氣得用力攪拌自己的咖啡。「那兩個討人厭的小傢伙，她們的頭又湊在一塊兒了，肯定又在說什麼和可憐的柯妮莉亞有關的刻薄話。」

「當然，我們並不知道她們說了什麼，」瑪莉的媽媽把蛋糕遞了過去。「不過，看起來八九不離十。柯妮莉亞來幫我整理花園，可是瑪莉和艾芙琳今天對待她的態度依舊很差。請容許我暫時離開幾分鐘，我得出門讓她開始工作。希望她記得帶工作褲或牛仔褲來。」

艾芙琳的媽媽從椅子上跳起來說：「我先回去了，我想幫那個可憐的小東西做個火腿三明治。她真是瘦得只剩皮包骨。」

瑪莉的媽媽說：「乾脆就在我這裡為她做花生醬三明治吧，記得再倒杯牛奶，切一塊大蛋糕給她。我出去帶她進來。」

一踏出門，瑪莉的媽媽就高聲嚷嚷：「柯妮莉亞，我可以和妳談談嗎？」

才剛分開不到一分鐘的艾芙琳和瑪莉，馬上又把頭湊在一塊兒，開始「嘶——嘶——」說個不停。

克萊克太太隨即又說：「瑪莉，妳也是，過來，我有話對妳說。」

柯妮莉亞馬上跑過去，但瑪莉和艾芙琳像兩坨黏呼呼的焦糖，拖了好一會兒才分開，離開前，還彼此交換了壞心的眼神，爆出唧唧咯咯的笑聲。當瑪莉終於爬上後門的階梯時，克萊克太太忍不住重重的打了她一下屁股。

「喂，很痛耶。」瑪莉一臉驚訝。

「妳就是該打屁股。」克萊克太太說：「這是要提醒，妳和艾

芙琳剛剛的行為有多麼沒禮貌和惹人厭。快上樓去換衣服，順便拿一件運動衫來借給柯妮莉亞，她忘記帶了。」

柯妮莉亞忘了帶運動衫，卻沒有忘記帶那本貼滿明星照片的剪貼簿。她和瑪莉一路窸窸窣窣、唧唧咯咯的說著悄悄話上樓，各自換好衣服後，便一起下樓吃三明治和蛋糕。然後，柯妮莉亞拔草的時候，瑪莉就坐在手推車裡看剪貼簿裡的相片，還一邊和柯妮莉亞竊竊私語，對相片裡的明星品頭論足。

過了一陣子後，艾芙琳過來瞧瞧她們兩個在做什麼，然而瑪莉不但沒有讓她看那本剪貼簿，還旁若無人的和柯妮莉亞窸窸窣窣、嘻嘻哈哈的說著悄悄話，艾芙琳終於忍不住大叫了：「喂，妳們兩個真是噁心透了，一個大胖子，一個破布袋，我討厭妳們！」

「棍子和石頭也許會打斷我的骨頭，可是綽號一點都傷不了我。」柯妮莉亞一邊熟練靈巧的拔除飛燕草四周的雜草，一邊漫不經心的說。

克萊克太太和羅福太太從早餐室的窗子看著自己家女兒令人厭惡的舉動，覺得非常羞愧。接著，瑪莉必須去上音樂課了。瑪莉的前腳剛走，艾芙琳就來了，換她和柯妮莉亞繼續窸窸窣窣、唧唧咯咯的看著剪貼簿的明星照片說個沒完。

克萊克太太和羅福太太原本以為比利和羅比不會把「悄悄話棒棒糖」帶回家，但他們真的帶回來了。等他們一換好衣服，帶著艾德麥洛去挖堆肥，找一百條蟲給牠當下午的點心時，克萊克太太便馬上給了艾芙琳和柯妮莉亞各一支悄悄話棒棒糖。

「噢，謝謝。」兩個女孩一說完，便迫不及待撕掉包裝紙。

「哇，真好吃，」柯妮莉亞開心的舔著棒棒糖。「這是哪一家的棒棒糖啊？」

「我不知道是誰做的，」克萊克太太說：「只聽說很好吃。」

「嗯，真的很好吃，」艾芙琳咬下一塊。「真的……」

克萊克太太根本聽不見她接下來說的話，因為她的聲音消失了，變得隱約又模糊，就像聖誕禮盒中那些薄薄的紙一樣。

「艾芙琳，妳說什麼？」柯妮莉亞問。聲音也變得愈來愈低沉，愈來愈微弱，就像在圖書館裡說話那樣。

「大聲一點，柯妮莉亞，我聽不見妳說什麼。」艾芙琳說。

她的聲音就像絲質襯裙一般，輕輕柔柔的從嘴裡飄了出來。

「妳說什麼？」柯妮莉亞問，偏偏艾芙琳也聽不見，因為她的聲音現在就像媽媽哄小寶寶入睡時哼唱著搖籃曲那麼輕柔。

就在這個時候，瑪莉上完音樂課回來了。「嗨，艾芙琳，嗨，柯妮莉亞。」她歡喜雀躍的叫著。

「嘶——」艾芙琳說。她的聲音聽起來就像吹過大草原的一陣風。

「嘶——嘶——」柯妮莉亞大喊，她的聲音現在卻像小茶壺倒水時發出的細微聲響。

「妳們兩個在講我壞話嗎？那我要進屋裡去了！」瑪莉生氣的說。

克萊克太太說：「妳要不要來根棒棒糖呀？」

「我超愛棒棒糖，」瑪莉說，「而且我餓死了。」於是，媽媽給了她一支棒棒糖，她也迫不及待拆掉包裝紙舔了起來。

大約舔了三口後，她轉過頭對媽媽說：「普林斯老師說，我下次去可以彈兩首新的曲子。」她神情愉悅，聲音聽起來卻像剛跑完一百公里，氣喘吁吁的吐出每一個字。

「很好啊，親愛的，」克萊克太太說：「說不定她會讓妳試試『女巫之舞』。」

「對，我好想彈那首。」瑪莉說，噢，應該說，她是嗡嗡作響的瑪莉，因為她的聲音現在聽起來就像一隻紗門上的蜜蜂。

跪在飛燕草花圃的柯妮莉亞一屁股坐下來，說：「克萊克太太，這裡的雜草差不多都拔完了，接下來要做什麼？」

克萊克太太沒有回答她，事實上，她根本連看都沒看柯妮莉亞一眼，因為她彷彿只聽見像是水管微弱的絲絲漏水聲而已。柯妮莉亞再說了一次剛剛的話，她盡可能的放聲大吼。但這一次，她的聲音聽起來也只不過像是乾豆子在豆莢中所發出的喀喀聲響。

看見柯妮莉亞開口說話卻聽不見她聲音的瑪莉，想當然，以為她又在跟艾芙琳說悄悄話了。她氣呼呼的啃下一塊棒棒糖說：「妳們兩個，要是再繼續說悄悄話，我就進屋裡，不理妳們了，我是說真的。」

艾芙琳和柯妮莉亞當然也對她說的話完全沒有反應，因為瑪莉的聲音在她們聽來，也只不過像是遠方有一支掃帚正在掃地而已。艾芙琳說：「等柯妮莉亞做完花園裡的工作後，就來我們家一起做焦糖蘋果吧，只要我想，我媽都會讓我做。」

她等著柯妮莉亞發出興奮的尖叫，但柯妮莉亞只是目不轉睛的看著克萊克太太，等候她的指示，甚至連頭都沒有轉過來。瑪莉踱著重重的腳步，頭也不回、氣極敗壞的走向屋子，克萊克太太是個大人，應該要有禮貌，卻也跟著瑪莉一起進屋裡去了。當然，沒有人聽得見她說什麼，因為她的聲音只是宛如一陣輕輕拂過盛開蘋果花的清風而已。

艾芙琳突然從推車裡跳出來，重重扔下柯妮莉亞的明星相片剪貼簿，用力踱著腳步走出花園，「砰」的一聲甩上門。然後回頭大喊：「我討厭妳們！妳們全都粗魯、可怕又可惡，要是妳們敢來我的慶生會，我一定會踩爛妳們的禮物，然後把門狠狠的摔在妳們臉上。」

根本沒有人聽見艾芙琳離開，柯妮莉亞又開始除草，她抬起頭，發現花園裡一個人也沒有，便自言自語的說：「真奇怪，我好像聽見有人輕輕撢掉架子上細小砂糖的聲音，可是這附近連個人影也沒有，那應該就是樹的聲音吧。」說完，她又舔了一口棒棒糖，然後用包裝紙包好，放回口袋，繼續除草。

幾分鐘後，瑪莉出來了，她坐在推車裡說：「我還以為妳是我的朋友，妳怎麼可以跟艾芙琳說悄悄話？」

柯妮莉亞說：「妳太小聲了，我聽不見。」

瑪莉說：「我看到妳的嘴脣在動，卻沒有聲音，到底是怎麼回事？」

「妳說什麼？」柯妮莉亞說。

「我看到妳嘴脣在動，卻沒有聲音，到底是怎麼回事？」瑪莉大叫。

柯妮莉亞說：「妳為什麼要這麼小聲？這裡又沒有別人。」

「我很大聲！」瑪莉尖叫。

「不要這麼小聲啦！」柯妮莉亞說。

「我聽不見妳在說什麼！」瑪莉大喊：「大聲一點。」

「我已經最大聲了！我在尖叫了。」柯妮莉亞大叫。

柯妮莉亞為了除草，有一段時間沒有舔棒棒糖了，所以聲音開始回復了一點點。事實上，瑪莉聽見了「我在尖叫了」這句話。

她生氣的說：「妳根本不是在尖叫，因為聲音小到幾乎聽不見。妳太過分了，我讓妳加入『悄悄話小組』，現在妳卻偷偷說我壞話。」

柯妮莉亞聚精會神，只能聽見瑪莉從口中吐出微弱的氣息聲，完全不知道她在說什麼，或是想說什麼。事實上，她以為瑪莉是故意用「悄悄話小組」的組員對非組員假裝說話的方式在嘲笑她。她火冒三丈的說：「好吧，算妳狠，可是我不在乎，反正我要進屋裡去找妳媽媽說話了。」

說完，她便站起來跑進屋裡去了。

就在那時候，坐在自家門前臺階上舔著悄悄話棒棒糖的艾芙琳，看見瑪莉獨自一人，便放聲大喊：「嘿，瑪莉，過來，我要做焦糖蘋果了。」

瑪莉當然沒有聽見，那陣輕輕拂過耳邊的聲音，就像街角栗子樹上沙沙作響的樹葉聲一樣。但艾芙琳完全不知道自己的聲音變得若有似無，因為在她聽來，自己的聲音正常的很，她以為瑪莉對她不理不睬是因為在生她的氣。她哭了起來，淚水將她身上的綠色新洋裝和綠色新鞋子都浸溼了一大片。可是她不在乎，因為她覺得自己好孤單，也好難過。

依舊站在獨輪推車旁的瑪莉也是。

那時候，班上最受歡迎的男孩柯瑞森．包普騎著腳踏車轉過街角，艾芙琳馬上擦乾眼淚，撫平裙子大喊：「嗨，柯瑞森！」

柯瑞森看著她，卻什麼也沒聽見，於是便咕咕噥噥繼續騎。

「哼，跩什麼跩。」然後，他看見了瑪莉。

她微笑的說：「嗨，柯瑞森，想看我們家的鳥寶寶嗎？」

柯瑞森當然什麼也沒聽見，但既然她面帶微笑，柯瑞森便從腳踏車跳下來，把車靠在籬笆上，悠悠哉哉的走進院子。「妳在做什麼？」他問瑪莉。

「沒什麼。」她說。可是因為柯瑞森聽不見，就再一次更大聲的問：「我說妳在做什麼？」

瑪莉說：「你要看我們家的知更鳥寶寶嗎？牠的名字叫作艾德麥洛．拜耳，牠好可愛，可是牠吃蟲子，好噁。」

柯瑞森說：「妳說什麼悄悄話啊？」

瑪莉說：「我沒有，我是用正常的聲音跟你說話。」

柯瑞森轉過身，直接走出院子，他邊走邊說：「啊，真是受夠了。」

「我不知道你怎麼了，」瑪莉說：「但我真的沒有說悄悄話啊，沒有。」

「不想講話就不要講了，」柯瑞森騎上腳踏車。「反正也沒有什麼話好說。」然後，他便騎車揚長而去。

瑪莉哭了。柯妮莉亞從屋裡出來，開始拔門廊旁花圃中的雜草。瑪莉走過去對她說：「我到底怎麼了？為什麼大家都聽不到我說的話？」她腦中突然冒出一個想法，匆匆忙忙跑進屋內，拿鉛筆和夾了紙的寫字板。她在上面寫下：「我的喉嚨有問題，沒有人能聽見我說的話，快打電話給醫生。」瑪莉拿給媽媽看，她正和羅福太太從雜誌裡為柯妮莉亞挑選洋裝。

克萊克太太讀了寫字板的字，然後說：「瑪莉，妳的喉嚨沒有問題，完全是因為妳最近一天到晚在說悄悄話，妳的聲帶大概決定了，既然用不著它，就乾脆去度個小假。」

「那它什麼時候回來？」瑪莉寫下。

「妳不再說悄悄話的時候，」媽媽說：「我想，如果妳保證，除了必要的時候，像是在圖書館裡說話，或是聊到生日禮物這種需要保密的事，妳再也不說悄悄話了，妳的聲音應該明天早上就會恢復正常了。」

「柯妮莉亞和艾芙琳呢？」瑪莉寫下。「她們也是一天到晚在說悄悄話呀。」

「她們也好不到哪裡去，」克萊克太太說：「好，我來告訴妳該怎麼辦。去把我剛剛說的話告訴柯妮莉亞和艾芙琳，或是寫下來給她們看，然後，妳們各自寫一份正式的立約書，保證自己以後除非絕對必要，再也不會說悄悄話，也不會嘰哩呱啦的說長道短，這樣就行了。」

「可是，媽——」瑪莉激動到連字跡都變得潦草了。「如果不說悄悄話，那『悄悄話小組』該怎麼辦？那是我們成立最主要的目的，因為每件事都是祕密啊。」

「我想，那就是該解散的時候了，」媽媽說：「我一點都不贊成這種愛說祕密的悄悄話團體，也許妳們該重新組個更好的團體。」

「組個野餐小組如何？」艾芙琳的媽媽說：「妳們可以每個星期六去野餐，我們這些媽媽負責提供餐點。」

「那一定很有趣，」克萊克太太說：「要是碰到下雨天，妳們就可以寫劇本自己演戲。」

瑪莉想了一會兒，才又寫下：「我得問問其他組員的想法。」

瑪莉的媽媽說：「妳現在就寫個字條給她們，要她們都來這裡，我來跟她們說。還有，」她對羅福太太眨了眨眼，繼續說：「如果我是妳，就不會再吃那支棒棒糖了，糖果對疲乏的聲帶非常非常不好，順便也把這件事告訴那兩個女孩。」

瑪莉出門去找艾芙琳和柯妮莉亞後，羅福太太對克萊克太太說：「我相信那些女孩已經學到教訓，剩下的悄悄話棒棒糖應該用不上了，最好把它們還給皮克威克奶奶。」

「不用，我要送給惠凡妮老師，」瑪莉的媽媽說：「她告訴我，星期五的念故事時間，學生說悄悄話的情況愈來愈嚴重，讓她幾乎要放棄念故事了。我要跟她說，把這些棒棒糖敲成小小塊，然後在念故事前，發給那些愛說悄悄話的學生吃。」

「這個主意實在太棒了，」羅福太太說：「而且妳知道嗎，我也要隨時帶一支悄悄話棒棒糖在身上，以免慶生會被悄悄話給毀了。噢，一定會很成功！我真是等不及了。對了，妳覺得柯妮莉亞穿粉紅色比較好嗎？」

「就依妳吧，」瑪莉的媽媽說：「妳比較懂這些。我現在最好趕快來打個電話給皮克威克奶奶，好好謝謝她。」

第5章
慢吞吞療方

「哈賓！」葛雷格太太叫喊：「吃早餐！我做了鬆餅。親愛的，快來。」

「來了，媽。」哈賓回答。不過，「來了」這兩個字代表他還穿著睡衣坐在床上，看著甲蟲緩緩爬過紗窗，根本動都沒動。

看甲蟲看了大概五或十分鐘後，哈賓才慢吞吞的下床，拎起一隻襪子。他目不轉睛的盯著那隻襪子，彷彿在等它開口對自己說話似的，接著便任由它從指間滑落，掉在鞋子上。他躺回床上，把雙手枕在腦袋後面，凝視著天花板。在他的正上方有一團汗漬，那是颶風吹壞屋頂烙下的痕跡。那團汗漬看起來就像南美洲的地圖，哈賓正聚精會神的辨認亞馬遜河的位置，還有那些會在三分鐘內把人吃得只剩下骨頭的魚到底在哪裡時，媽媽的聲音又出現了：「哈——賓！吃早餐！」

「來了，媽。」他回答。

那個汗漬其實看起來更像非洲，他這麼斷定。天哪，好想去非洲！要是真的能夠去非洲，他一定會去挖鑽石，他要挖一顆像方糖那麼大的鑽石送給媽媽，不，要送給哈奇特老師。因為哈奇特老師比威爾森老師親切多了。哇！

「哈賓・葛雷格！」媽媽的口氣聽起來很不耐煩。「你的鬆餅快要變涼、變軟了，其他人都吃完了早餐，爸爸也準備去上班了。如果你兩分鐘之內沒有下來，我就要上去了。」

哈賓坐了起來，下床穿襪子。可是才穿到一半，他們家的黑色大狗皮爾斯先生就走進房間。「嗨，你好啊，老傢伙，」哈賓鬆手放開襪子，襪子便這麼掛在腳指頭上。「來，和我握握手。」

皮爾斯先生搖著尾巴舔哈賓的臉，卻完全沒有想要握手的意思。當哈賓伸手去抓牠的腳爪時，牠向後退了。

哈賓說：「嘿，皮爾斯先生，我敢打賭，你一定是忘記怎麼握手了。來嘛，我教你。先坐下來。快，聽話，坐下來！來嘛，皮爾斯先生，坐下！皮爾斯先生，坐下！乖孩子。現在，把腳掌給我。不對，不要趴下。是坐下。坐下。坐下，皮爾斯先生。坐下！喂，別咬襪子。皮爾斯先生，快把我的襪子拿來。皮爾斯先生，快回來！」

可是皮爾斯先生完全不理會，牠興高采烈的跑下樓，把哈賓的襪子放在葛雷格先生腳邊。

葛雷格先生說：「皮爾斯先生，這是什麼？一隻藍松雞嗎？」他撿起襪子，拎到皮爾斯先生的頭頂。

皮爾斯先生得意洋洋的搖著尾巴。

正在為珍妮綁辮子的葛雷格太太說：「唐納，給我看一下那隻襪子好嗎？」

葛雷格先生把襪子遞給她。她看了一會兒，然後要珍妮乖乖坐好等她回來，便拎著那隻襪子走出餐廳上樓去。

在那段時間，哈賓又倒回自己的床上，躺在成堆紊亂的棉被和校服中間，夢想著自己在為加拿大騎警追捕全世界最險惡的犯人。突然間，媽媽憤怒的聲音猶如魔音穿腦而來。「哈賓．葛雷格，再十五分鐘就八點了，你竟然連衣服都還沒有穿好。到底是怎樣？」

哈賓在棉被堆中胡亂摸索著汗衫和毛衣。媽媽不耐煩的靠過來，很快就找到他的衣服，將汗衫和毛衣從哈賓的頭套進去。她說：「我早上已經夠忙了，沒想到還要幫一個八歲大的男孩穿衣服。你的牛仔褲呢？」

「嗯，呃……」哈賓茫然的環顧著整個房間。

媽媽掀開床上的被子，那條牛仔褲就好端端躺在床尾。趁哈賓穿褲子的時候，她走進浴室，在洗臉盆中注滿溫水。

媽媽的後腳一踏出房間，哈賓又倒在床上了。「狼，」他對著拎在手上的鞋子說：「啊，真想要有一隻自己的狼，要是我好好照顧牠，餵牠吃東西，常常拍拍牠，我敢打賭……」

可是他的腦中還沒有浮現狼的模樣，媽媽就一把將他拉進浴室，開始擦洗他的臉和脖子。

「噢、噢——啊，妳要把我的皮膚搓破了啦。」這位勇敢的小騎警大聲哀號，還企圖用雙臂擋住自己的臉。

「把手臂放下來，」媽媽語氣堅定的說：「你的髮際線上還沾著星期三的巧克力冰淇淋。來，現在讓我看看你的耳朵。」

「天哪，不要弄我的耳朵！搓太用力了，會痛啦。」

「要是真的很痛就告訴我，我再給你吃止痛藥。」媽媽斬釘截鐵的說。

將哈賓刷洗乾淨後，葛雷格太太馬上將他的腳套上襪子和鞋子，然後急忙趕他下樓。

哈賓終於在餐廳現身時，爸爸說：「這不就像消防員一樣嗎？警鈴一響，就馬上著好裝備從桿子滑下來了。」

哈賓十一歲的姊姊席薇亞說：「我們每餐飯都要被那個慢吞吞的傢伙毀掉嗎？」

珍妮說：「我要告訴學校的小朋友，你竟然還要媽媽幫忙穿衣服。」

「妳敢，我要……」

「乖乖給我坐下來吃鬆餅，」媽媽說：「席薇亞，上樓去把我桌上的橡皮筋拿下來。珍妮，過來，我幫妳綁好頭髮。噢，快點，唐納，老古板把盤子頂到頭上去了。」

那個被大家稱暱稱為「老古板」的小寶寶，真的把裝燕麥糊的盤子頂在頭上。如涓涓細流般的牛奶和著細碎的麥片，正緩緩從額頭流進他的眼睛。他眨了眨眼，開心的笑了，大家也都笑到前仆後仰，連葛雷格先生也是。葛雷格太太嘆了口氣，要哈賓上樓去拿條毛巾下來。他慢吞吞的從椅子上站起來，媽媽對著他大叫：「快點！ㄎ——ㄨ——ㄞˋ，快——點！」她乾脆用拼的。

哈賓說：「我在快了啊。」他拖著腳步走出餐廳，但還好，至少在向樓梯前進。但就在他踏上樓梯的第一階時，整座樓梯彷彿在剎那間變成了垂掛在船邊的繩梯。那是一艘海盜船，一直在海底潛游的哈賓，正探出水面準備偷偷的、勇敢的、小心翼翼的，雙手攀著繩梯，一步步往上爬。

當葛雷格太太終於耐不住性子，請珍妮去看看哈賓到底在搞什麼鬼，為什麼拿條毛巾要這麼久時，珍妮發現弟弟正躺在樓梯上，用手攀著欄杆，慢慢的、慢慢的把自己往上拉。珍妮一看便大叫：「媽，他根本還沒有到樓上，他還躺在樓梯口。」

葛雷格太太沉沉的嘆了口氣，只好隨手拿塊布擦了擦老古板。葛雷格先生板著臉走向那個正掛在海盜船邊，已經累得再也無法前進的哈賓。他氣急敗壞的說：「你到底在幹什麼？為什麼像條破舊的西班牙披肩掛在樓梯欄杆上？」

就在那時候，哈賓做了一件奇怪的事。他轉向爸爸說：

「噓，他們會聽見。」

葛雷格先生看著自己的兒子好一會兒，便轉頭回到餐廳對老婆說：「打電話給沃金斯醫師，這孩子撞到頭，神經錯亂了。」

「天哪。」葛雷格太太趕緊把老古板和他的喇叭一起放進遊戲圍欄裡，然後跑進客廳，果然看見哈賓正氣喘吁吁的掛在樓梯扶手的欄杆上。葛雷格太太連忙上前跪在他身邊。「兒子，兒子，你還好嗎？」她邊說邊用手按撫他的額頭。

「我好得很，」哈賓轉頭看了看圍聚在他身邊的家人。「怎麼搞的？你們為什麼這樣看著我，好奇怪。」

「兒子，你從樓梯上摔下來了嗎？」葛雷格先生問。

「那還用說，一定是，」葛雷格太太不耐煩的說：「現在覺得如何？兒子，你是從一樓還是三樓滾下來的？哪裡最痛？是你的背？還是腿？」

「一看就知道是背，他肯定摔斷脊椎，完全麻痺癱瘓了，」席薇亞煞有其事的宣告：「我在電影裡看過摔斷脊椎的人，就像哈賓現在這樣。」

「我覺得他的手臂看起來有點奇怪，」珍妮說：「你們看看，骨頭好像凸出來了！」

「我的手臂和脊椎都沒事，」哈賓坐了起來。「我只是試著用手抓著欄杆上樓，就像水手爬繩梯那樣。」

哈賓的媽媽大大的鬆了口氣後，馬上說：「好啦，全部都去穿外套，八點半了。珍妮，去幫我把老古板的連身外套拿來，就掛在玄關的衣櫥裡。」

大家都上車了，引擎也轟轟作響，葛雷格先生有點焦慮的說：「再不快走，我就趕不上火車了。」就在那時候，珍妮猛然想起，她今天必須帶兩顆馬鈴薯去學校。

既然哈賓就坐在靠車門的座位，葛雷格太太便要他去拿馬鈴薯。「快去快回！」她對哈賓說。他也真的很快，畢竟馬鈴薯就放在後門廊上。不過，一到後門廊，他就看見自己去年在海邊撿到的那張魚網，掛在拖把旁邊的釘子上。哈賓的雙腳突然定住不動了。為什麼漁網掛在這裡？是要準備丟掉嗎？

哈賓把漁網從釘子上扯下來，準備拿上樓放回自己的房間。可是不曉得為什麼，或許是手中的漁網還殘留著海草淡淡的氣味，這個味道讓他想起大海、牡蠣、珍珠、採珍珠的潛水夫，以及巨大的蚌殼。他背著水肺潛入海底到處搜尋，尋找稀有珍貴的粉紅珍珠，只要找到了，他就能成為全世界最有錢的人。海底黝暗又駭人，有鯊魚、大章魚、梭魚和大海龜，但最可怕的是那些巨大的蚌殼，因為一旦被它們的殼夾住了，就休想脫身，除非你勇敢的用深海潛水刀砍掉自己的一條腿，否則就只好等著溺水而死。「啊，啊，那會痛死人的！」哈賓喃喃自語，低頭看著自己的腿，彷彿它正被巨大的蚌殼夾住了。「我必須把這條腿砍掉，但很值得，因為我已經找到著名的粉紅珍珠了……」

「哈賓．葛雷格！」席薇亞在他的耳邊大叫：「你害爸爸趕不上火車了。你拿著魚網站在這裡幹什麼？珍妮的馬鈴薯呢？」

「呃，嗯……」哈賓一臉困惑的看著魚網。

席薇亞拉開冷藏箱的蓋子，抓了兩顆馬鈴薯。「快啦，」她一把攫起哈賓的手臂。「爸氣炸了。」

葛雷格先生果真沒趕上火車，只好搭九點十五分的那一班，而且當孩子們趕到學校時，第一節上課鐘已經響了。席薇亞和珍妮驚恐萬分的從車裡奪門而出，衝進教室，哈賓依舊慢吞吞的收拾自己的書包，親吻媽媽和老古板，然後才緩慢從容的走過校園。

「看看那副德性，」葛雷格先生對太太說：「一副滿不在乎的模樣，還有時間在那裡看來看去。第二節課的鐘聲可能都要響了，但是對這個超級慢郎中哈賓一點意義都沒有。」

「你知道嗎，唐納，我認為他也許該吃一些治療甲狀腺的藥，」葛雷格太太說：「我要打電話給沃金斯醫師，一回到家就打。」

「妳要打就打吧，」葛雷格先生說：「但我敢保證，他一定會說哈賓一點毛病也沒有，沒有一丁點病症需要治療。算了，火車快來了，再見囉，老古板，再見了，親愛的，六點半見。」

葛雷格太太一回到家便打電話給沃金斯醫師，可是他出門去橡樹灘了。葛雷格太太留言，請他進診所後回電話，接著便著手做蘋果醬蛋糕。哈賓最愛這種蛋糕，裡面有滿滿的葡萄乾、堅果、奶油和糖，全都非常營養，而且毫無疑問，對這種甲狀腺激素分泌過低的可憐小孩來說，正是他們最需要的食物。

她將蛋糕送進烤箱後，便馬上打電話給肉攤老闆，向他訂了兩支骨髓飽滿的熬湯用大骨，因為她聽說骨髓對疲憊憔悴的人來說是絕佳的補品。此外，她特別做了一大碗櫻桃果凍，因為果膠中含有豐富的蛋白質，還打發了一品脫的鮮奶油。她一直盯著食譜看，尤其是「為體弱多病者準備的食物」那個單元，滿腦子都想著要用什麼樣的食物來幫助可憐的小哈賓。直到老古板發出震天的哭號，她才發現自己該為他換尿布和洗澡了。

等她為老古板洗完澡，也餵完奶，便打電話給正在工作的葛雷格先生，請他下班時順道帶一大罐魚肝油回家。

「做什麼？」葛雷格先生說：「每天吃那些維他命，難道還不能滿足我們需要的營養素嗎？」

「應該夠，」葛雷格太太說：「但我不想錯失任何一種可以幫助哈賓的辦法，他實在太虛弱，太憔悴了！」

「他太什麼？」葛雷格先生問。

「太虛弱、太憔悴，」葛雷格太太說：「你一定還記得他今天早上躺在樓梯上的樣子，虛弱到沒有辦法上下樓。」

葛雷格先生嘆了口氣。「要買什麼牌子的魚肝油？」

「最強效的那種，」葛雷格太太說：「就是專門給體弱多病的小孩吃的那種。」

「要不要順便帶一張輪椅回去？」葛雷格先生問。

「別鬧了，」葛雷格太太說：「這件事很嚴肅。」

「可是，看妳處理這件事的方式，」葛雷格先生說：「也許我最好把輪椅換成擔架比較合適。好啦，言歸正傳，沃金斯醫師怎麼說？」

「他不在，」葛雷格太太有點惱火了。「他會打給我。」

「好吧，」葛雷格先生說：「再讓我知道他怎麼說。」

孩子們放學回家的時間到了。先是席薇亞和她最好的朋友安娜貝爾嘻嘻哈哈的進門，葛雷格太太為她們做了兩份花生醬酸黃瓜三明治，切了兩大塊蘋果醬蛋糕，還裝了兩大碗加上鮮奶油的果凍，全部放在托盤上。她們端著托盤搖搖晃晃的上樓進席薇亞的房間，一整個下午都待在裡面嘻嘻哈哈、吃吃喝喝，以及打電話。

接著，珍妮和她最好的兩個朋友夢娜與凱西回來了，她們笑鬧著進門，順手抓了一些三明治和蛋糕，然後拎了輪鞋就離開了。絲毫不見哈賓的蹤影。

葛雷格太太餵老古板吃了蘋果醬蛋糕和餅乾，為他穿上連身外套，將他放進院子的柵欄裡。「乖乖在這裡看你哥哥回來了沒？」她對老古板說：「一看到他就馬上告訴我，我會去扶他進屋。」

老古板故意用最快的速度把自己所有的玩具一件一件丟到柵欄外面，然後說：「嘰嘰咕咕，咿——呀！」

「好啦，」媽媽說：「我相信你。」

她走進屋裡，開始為哈賓準備超大份量、令他難以招架的放學點心。厚厚的三份花生醬和酸黃瓜三明治，一塊大得像座山的蛋糕，以及裝在大湯碗裡的果凍和鮮奶油。她將一切準備就緒，全部擺在廚房的餐桌上，然後一臉憂心，望著窗外的街道尋找哈賓的身影。

他好端端的在那兒呢。就在艾瑟爾家旁邊緩慢的移動，看起來就像一座雕像。

「噢，好可憐啊，可憐的小東西，」媽媽一把抓起掛在廚房椅子上的毛衣，便從後門衝了出去。「哈賓，哈賓，等等我。」她順著街道一路往前跑，邊跑邊喊。

此時，哈賓好不容易從那些抓住他的凶惡盜匪手中逃脫，剛離開地牢，拖著沉重的腳鐐，在城堡的地底一路摸索著潮溼黝暗的通道，正在緩步前進，根本完全沒有注意到自己的媽媽正朝他奔來。

就在那時候，他突然被歇斯底里的緊緊抱住，接著便出現媽媽的聲音說：「小甜心，需要媽媽抱你嗎？」

「抱我？」哈賓一臉驚愕的看著媽媽，彷彿她瘋了。

「當然是啊，親愛的，」媽媽說完，便蹲下來，目不轉睛的凝視著他的臉。「媽媽知道你有多累、多虛弱，病得多嚴重。」

「我不虛弱，也沒有生病啊，」哈賓激動的說：「我好得很。」

「可是你的動作好慢好慢。」媽媽說。

「啊，我只是，嗯，呃……嗯，別管我啦。」哈賓不高興的把話說完。

但媽媽還是用手臂環抱住他，試著將他抱起來。哈賓發狂似的拼命掙扎，媽媽終於還是把他放下來。

「妳到底在做什麼啦？」哈賓氣呼呼的說。

「好，如果不肯讓我抱你，」媽媽說：「那就讓我陪著，免得你突然頭昏。我今天做了蘋果醬蛋糕哦。」

「萬歲！」哈賓說：「那是我的最愛。」

「我知道，」媽媽的聲音有點哽咽。

「我可以吃兩塊嗎？」哈賓問。

「當然可以，」媽媽說：「你想吃多少就吃多少。」

「耶！」說完，哈賓拔腿就跑。

「哈賓，哈賓，親愛的，」媽媽擔憂的大喊：「小心哪，你的體力會耗光。」

其實她一點都不需要擔心，因為哈賓正沿著威爾寇斯家的籬笆快跑。但就在那時候，他突然瞥見威爾寇斯家的黃貓「蒲公英」躲在籬笆後面。哈賓停了下來。「一隻獅子。是一隻凶猛的成年獅子，牠的肩膀中彈了，腳爪還抓著一個土著小孩。」村子裡的土著送弓箭給哈賓，拜託他去營救族長的小兒子。他小心翼翼的慢慢蹲下來，然後慢慢的從箭桶裡抽出一支箭，架在弓上，拉開弓弦。就在他準備射出那支箭的時候，手腕突然被人抓住了，接著便出現媽媽的聲音。「兒子，兒子，你到底怎麼了？肚子抽筋嗎？」

「唉呦，媽，」哈賓厭煩的說：「可不可以不要管我？」

「可是你的臉扭曲又蒼白。」媽媽說。

「才沒有呢，」哈賓說：「我只是……嗯……我是說，我正在練習射弓箭啦。」

「好吧，回家吃蛋糕吧，」媽媽說：「我已經準備好了，都放在桌上了。」

「太棒了。」哈賓說完，一路跑回家去。

回到家時，已經把所有的玩具都丟到柵欄外的老古板，因為沒有東西玩，便高舉著雙臂，嗚咽哭泣著要人抱抱。葛雷格太太決定在哈賓吃下午茶時，把老古板抱出來，讓他在院子裡跑一跑。她把寶寶放在草地上，坐在門廊上看著他。

哈賓一走進廚房，看見媽媽為他準備的一整桌豐富的點心，興奮的說：「太好了，終於有食物了。」他一屁股坐了下來，開始橫掃桌上的食物，因為整個下午他都被困在荒島上，除了幾條徒手抓來的生魚，什麼東西都沒有吃。但就在虛弱的沒有力氣爬過海灘的時候，他看見了這艘船，他們帶他上船，還為他預備了這一桌豐盛的食物，等他吃完，體力也恢復了，他就要把自己發現鈾礦的事告訴他們。哈賓閉上眼睛，整個房間彷彿開始旋轉起來，好像肚子裡有個不停轉動的舵。他鬆開腰帶，覺得好些了，但廚房似乎熱得要命。他疲憊的慢慢起身，走到屋外。

還坐在臺階上的媽媽看著他說：「哈賓，親愛的，你看起來糟糕透了。不舒服嗎？」

「嗯，好像是。」哈邊說完，整個人癱倒在媽媽身邊。

「舌頭伸出來，給我看看。」媽媽下令。

他照做了。媽媽說：「被我料到了，你的舌頭有一層膜，喉嚨也紅腫，馬上給我上樓到床上躺好，我打電話請沃金斯醫師過來一趟。」

鬆開皮帶讓他覺得好多了，涼爽的床也是。他睡著了。醒來時已經過了晚餐時間，他知道，因為屋子裡飄散著淡淡的燉羊肉味。他可以聽見珍妮和席薇亞在和鄰居的小孩爭吵該換誰在躲貓貓時當鬼。他翻過身，又閉上眼睛，樓梯傳來腳步聲，接著，沃金斯醫師便出現了。「嗨，小傢伙，哪裡不舒服啊？」

「沒有，」哈賓說：「我猜，可能是吃太多了。」

沃金斯醫師仔細檢查了他的耳朵、鼻子和喉嚨，戳戳按按的敲遍全身之後，他說哈賓整個人聽起來「像顆堅果」。一直在醫生背後焦慮的走來走去的葛雷格太太說：「沃金斯醫師，我有話跟你說。」她將霍金斯醫師帶到樓下後，便將哈賓在這段時間的虛弱狀態，一五一十全告訴他。

他說：「那孩子的身體沒有毛病，我看看，他快要滿九歲了，對不對？」

「對啊，明年九月就滿九歲了。」葛雷格太太一臉哀戚，彷彿哈賓再也沒有辦法看見自己的生日蛋糕似的。

「好，那麼，」沃金斯醫師伸手進口袋掏，摸索著空白的處方箋，「我會注明他的問題是過度劇烈的白日夢。我現在就來開處方，如果你們好好照著做，我保證他很快就會恢復正常。」他很快的寫完，並且把處方箋摺起來交給葛雷格太太，然後便離開了。

葛雷格太太拿著處方箋去葛雷格先生的書房，對他說：「唐納，果然和我想的一樣，哈賓生病了，這是沃金斯醫師為他開的處方箋。」

「給我看看，」葛雷格先生說。

葛雷格太太將處方箋交給他，他攤開來，讀著上面寫的字：

「打電話給皮克威克奶奶。楓樹街12345號。」

「皮克威克奶奶！」葛雷格太太發出驚呼。

「沒錯，」葛雷格先生說：「她以專門對付小孩惱人的壞毛病聞名。我們試試看吧。」

「那你打，」葛雷格太太說：「我不知道要怎麼跟她說。」

「好，」葛雷格先生隨即拿起話筒，撥了電話號碼。「您好，皮克威克奶奶，我是哈賓．葛雷格的父親。不曉得您知不知道該怎麼治好我們家慢郎中的毛病啊？」

皮克威克奶奶當然知道，因為葛雷格先生沉默了好一陣子，聽得非常專注，然後他說：「非常謝謝您，我這就馬上過去。」

「她說什麼？你要去哪裡？她能治好哈賓嗎？」葛雷格太太連珠炮的問。

葛雷格先生站起來，親了她一下說：「包在我身上。」說完便吹著口哨從前門出去了。

大約半小時後，他就回來了，手中還拿著一個小瓶子和噴頭，瓶子裡面裝著透明的液體。

「那是什麼？」葛雷格太太問。她正坐在客廳讀一本關於幼兒心理學的書。

「皮克威克奶奶要我們把這個噴在他的衣服上。她說，拿出哈賓明天要穿去學校的所有衣物，把這個噴在上面，尤其是鞋子。」

「噴這個做什麼？有什麼作用？」葛雷格太太一臉憂心忡忡。

「不知道，」葛雷格先生一邊哼著洋基歌一邊說：「我們最好動作快一點。」他拔掉瓶塞，裝上小噴頭。

他們走進哈賓的房間裡時，發現他已經熟睡了。媽媽很快的摸了一下他的額頭，溼溼涼涼的，他臉上的表情看起來非常放鬆又露著微笑，顯然正在做著甜美的夢。

他們躡手躡腳的走向衣櫃，葛雷格太太輕輕拉開抽屜，拿出乾淨的內衣、襪子、牛仔褲、圓領衫和毛衣，將它們平整的鋪在哈賓床腳的地板上，葛雷格先生負責均勻的噴上那瓶液體。接著他們又躡手躡腳的準備走出去，但就在那時候，葛雷格先生想起了鞋子，便又回到房間把鞋子也噴透。

那天晚上，葛雷格太太一夜輾轉難眠。第二天早上天一亮，她便迫不及待衝進哈賓的房間，想看看他是否安好。他還在熟睡，葛雷格太太便靜悄悄的走出房間，下樓煮咖啡。

皮爾斯先生在扒地下室的門。葛雷格太太打開門，皮爾斯先生開心的搖著尾巴，葛雷格太太拍了拍牠的頭，然後便放牠出去。屋外下著猶如薄霧般的溼冷毛毛雨，皮爾斯先生一臉不悅的瞅了葛雷格太太一眼，就擠向她的身後，打算鑽進屋裡去。

葛雷格太太態度堅決的說：「嘿，不行，這位先生，你已經在屋裡待了一整晚，現在給我出去跑一跑。」她試著用腳把皮爾斯先生往外推，但牠還是動也不動的穩穩坐著。就在她準備要放棄的時候，後門突然開了，梳洗完畢也穿好衣服的哈賓就站在門邊，精神奕奕的說：「怎麼了，媽？妳在做什麼？」

「皮爾斯先生啦，」葛雷格太太邊說邊用力拉皮爾斯先生。「因為下雨，牠不肯出門跑一跑，牠痛恨雨天。」

「怎麼啦，老傢伙，」哈賓跪在牠身邊說：「你不喜歡下雨嗎？」

皮爾斯先生的尾巴砰砰拍打著門廊的地板，還拼命舔著哈賓的臉。

哈賓站起了起來，他說：「媽，我陪牠去。我們會繞著街區跑一圈。」

「可是在下雨耶，」葛雷格太太說：「你會淋溼。」

「不會啦，」哈賓說：「我跑很快，妳等著看吧。」

他隨即跳下門廊，一路蹦蹦跳跳的跑過車道，皮爾斯先生也汪汪叫，開心的跟了上去。葛雷格太太走進廚房，拿出牛奶準備煮熱可可，然後為自己倒了一杯咖啡。

才喝了兩口，後門便「砰」一聲被撞開，哈賓和皮爾斯先生回來了。

哈賓的臉頰漲紅，眼睛也閃閃發亮，他和皮爾斯先生都沒有被淋溼。

「天哪，」媽媽說：「你們肯定跑得比風還快。」

「應該說跑得比雨還快吧，」哈賓呵呵笑了起來。「啊，我從來沒有跑這麼快過，就連皮爾斯先生也追不上我。早餐吃什麼？我餓死了。」

葛雷格太太根本還沒有完全清醒，而且咖啡也還沒喝完。她吱吱唔唔的說：「嗯，這個嘛……」

「我知道了，」哈賓明快的說：「我們吃法式吐司。」

媽媽說：「好啊，我先喝完這杯咖啡，馬上就來做。」

「我來，」哈賓說：「只要告訴我該怎麼做就行了。」說完，他便打開櫥櫃，在一堆鍋具裡乒乒乓乓的翻搗著。

「拿一個大碗出來，」媽媽說：「還需要雞蛋、牛奶，還有……」

就在那時候，後門突然被重重的敲了一下。是送報生喬治。他說，不好意思遲到了，因為腳踏車爆胎，報紙在這裡，他希望修理輪胎時，報紙沒有被雨淋得太溼。

哈賓放下攪拌的大碗，從櫥櫃裡拿出平底鍋，然後說：「嘿，喬治，要我去幫你一起送報紙嗎？我負責送街道的一邊，你負責另一邊。」

喬治想起哈賓有「人體蝸牛」的綽號，便馬上說：「呃，沒關係，哈賓，我自己可以搞定。」

哈賓說：「你沒辦法啦，都快六點半了。」

葛雷格太太抬頭看了廚房的時鐘一眼，用圍裙擦擦眼睛，又仔細看了一次。六點二十分，天哪，她掐指一算，哈賓應該五點四十五分就起床了。她一臉震驚的看著哈賓，眼前這個目光炯炯、精神奕奕的男孩，和那個總是拖到最後一刻才下樓吃早餐（不僅是早餐，每件事都拖拖拉拉）的是同一個人嗎？

哈賓說：「等一下下，喬治，我去穿外套。」

睡眼惺忪又彷彿在風洞口穿上衣服，一身狼狽的喬治說：「嗯，好吧，但是快一點。」

哈賓只花了兩秒就穿好外套回來了。出門時他對媽媽說：

「媽，幫我做一大盤法式吐司。走吧，皮爾斯先生，我們該去工作了。」

剛過七點半，當葛雷格先生下樓時，第一句話便問：「那個神奇的噴霧劑效果如何？有效嗎？」

「我很早就起床，而且一起來就忙得要命，根本就把這件事忘得一乾二淨，」葛雷格太太說：「先坐下來趁熱吃了早餐吧。你叫女孩們了嗎？」

「應該都起來了，」葛雷格先生說：「哈賓呢？妳叫他了嗎？」

「叫他？」葛雷格太太說：「他還不到六點就下樓來了。」

「那他現在人呢？」葛雷格先生問：「我敢說，一定又在哪裡恍神了吧。」

「才沒有呢，」葛雷格太太說：「小心，盤子很燙。」

「好啦。他人呢？」爸爸不耐煩的問。

「他和喬治一起去送報紙了。喬治的腳踏車爆胎，來不急送報，哈賓去幫他。」

「希望喬治的客戶不會介意下午才收到早報。」葛雷格先生邊嚼著法式吐司邊說。

就在那時候，後門「砰」一聲又打開了，哈賓大聲嚷嚷著：「希望早餐好了，我餓得像頭獅子。」

哈賓看見爸爸，對他說：「嗨，爸，你知道嗎？喬治說，我是他見過送報速度最快的，他說，如果今年夏天，他爸媽答應讓他去加州找外婆，他會讓我接手代他送報，一個月有四十美元呢。很棒吧！」

「可是，這樣你就得很早起喔。」媽媽說。

「那有什麼關係？」哈賓說：「我一個月可以賺四十元呢。」

「你一個月賺四十元？」剛在桌邊坐下來的席薇亞嗤之以鼻的說：「別做夢啦，像你這種慢吞吞的傢伙，連四十分錢都賺不到。」

「席薇亞，」葛雷格先生板著臉說：「閉嘴。兒子啊，那送報路線如何？你確定自己能搞定？」

「當然可以，」哈賓說：「喂，今天早上我送完三份時，喬治才送一份呢。」

葛雷格太太說：「珍妮呢？席薇亞，妳下樓時，她起來了嗎？」

「我不知道，」席薇亞說：「我已經叫了她三千次，可是我去她房間拿我那件被她偷偷拿去穿，又潑了一身可樂的藍色毛衣時，她還在床上看書。」

「我最好再去叫她一下，」葛雷格太太說。接著，她便走到樓梯旁邊大喊：「珍妮。珍——妮！」

過了一會兒，終於傳來含糊不清的回應：「我馬上下去。」

葛雷格太太靜靜的聽了一分鐘，發現珍妮房間並沒有傳出任何聲響，於是上樓去。她發現珍妮還穿著睡衣，靠坐在窗邊看著屋外的雨。媽媽嚴厲的說：「珍妮．葛雷格，上學都快遲到了，妳竟然連衣服都還沒換？」

珍妮轉過頭，眼神朦朧夢幻的看著媽媽說：「從窗子往下流的雨滴，讓我想到了眼淚。妳覺得雨滴會不會是那些死去的可憐人流下的眼淚？」

「我的老天爺啊，妳在想什麼，」葛雷格太太從床上的衣服堆裡拉出珍妮的裙子和毛衣。「快穿好衣服，穿鞋襪時，我趕快幫妳綁頭髮。」

珍妮慢吞吞的站起來，從媽媽手中接過裙子和毛衣，然後說：「媽，如果我死了，妳和爸爸會哭嗎？」

「別胡說了，」媽媽生氣的說：「我什麼也不想回答。動作快一點。」

「可是媽，」珍妮又說：「要是我明天就死了呢？要是我被卡車輾過去壓死了呢？」

葛雷格太太氣急敗壞的嘆了口氣，一把將裙子和毛衣從珍妮手中搶過來。「過來，」她說：「我幫妳穿。雖然我覺得像妳這麼大的女孩，還需要媽媽為妳穿衣服，真的是非常荒唐。」就在她把裙子從珍妮的頭上往下套時，突然想起那瓶裝著皮克威克奶奶專門對付慢郎中的神奇噴劑。她把裙子又從珍妮的頭拉出來，順道拿起她的毛衣、鞋子和襪子，說：「妳先去梳洗，我馬上回來。」

那瓶噴劑就放在葛雷格先生床頭櫃的抽屜裡。她拿出來，小心謹慎的在珍妮的衣物上噴了又噴，接著走回珍妮的房間，珍妮不但沒有去洗臉，還橫躺在床上哼哼唱唱。看見媽媽的時候，她說：「我會唱滿天星之歌，妳想聽嗎？」

「不想！」媽媽斬釘截鐵的說：「快起來，我幫妳穿衣服。」

媽媽用力的把裙子和毛衣從珍妮的頭往下套，在她的腳套上襪子，再把腳塞進鞋子裡，然後硬把她推進浴室，趁她洗手洗臉的時候幫她梳頭綁辮子。這時候，突然傳來葛雷格先生的叫喊聲：「茉莉，我再五分鐘就得去車站了。」

「好啦，親愛的，」葛雷格太太迅速的在珍妮的髮辮尾端綁上髮帶。她對珍妮說：「妳只好在去車站的路上吃花生醬吐司了。現在，快自己做吐司，我要去抱老古板了。」

「可是他還沒有吃麥片啊。」珍妮整個人似乎猛然醒了過來，容光煥發的說。

「我知道，」葛雷格太太說：「可是我們來不及了，他只好等會兒再吃。」

「那我幫他做一些麥片裝進奶瓶裡，」珍妮說：「妳去幫他換尿布、穿連身外套，我幫他準備奶瓶，然後在車上餵他吃。」

終於，席薇亞帶著早上要去看牙醫的請假單，哈賓帶著喬伊叔叔的非洲紀念品，要在自然史課堂上給大家看，珍妮也抱著老古板和奶瓶。

所有人上車坐定後，葛雷格先生說：「大家都準備好了嗎？」

「好了。」大家異口同聲說。

「那我們出發吧，」他大聲說，然後便踩下油門。「下一站，火車站。」

接著，他轉向葛雷格太太說：「嘿，妳該不會也在我的衣服上噴了那個神奇的玩意兒吧？我覺得自己今天早上特別機警，動作也快得驚人。」

葛雷格太太睡眼惺忪的勉強露出微笑說：「只在你的鞋子上噴了一點點。」

「那我們扯平了，」葛雷格先生哈哈大笑起來。「我也趁妳睡覺時，偷偷噴了一些在妳的頭髮上。」

「難怪我這麼早就起床了。」葛雷格太太呵呵笑著說。

「我們大家起來唱『天佑美國』吧。」哈賓從後座說。

「我們應該唱『天佑皮克威克奶奶』。」葛雷格先生一邊說，一邊對路中央一隻灰色的胖鴿子按喇叭。

小麥田

小麥田世界經典書房06

皮克威克奶奶4 驚奇魔法箱

Hello,Mrs. Piggle Wiggle

作　　者　貝蒂．麥唐納（Betty MacDonald）
譯　　者　劉清彥
封面設計　達　姆
責任編輯　汪郁潔

國際版權　吳玲緯
行　　銷　闕志勳　吳宇軒　余一霞
業　　務　李再星　李振東　陳美燕
副總編輯　巫維珍
編輯總監　劉麗真
發 行 人　凃玉雲
出　　版　小麥田出版
10483台北市中山區民生東路二段141號5樓
電話：(02)2500-7696
傳真：(02)2500-1967
發　　行　英屬蓋曼群島商家庭傳媒股份有限公司
城邦分公司
10483台北市中山區民生東路二段141號11樓
網址：http://www.cite.com.tw
客服專線：(02)2500-7718｜2500-7719
24小時傳真專線：(02)2500-1990｜2500-1991
服務時間：週一至週五09:30-12:00｜13:30-17:00
劃撥帳號：19863813　戶名：書虫股份有限公司
讀者服務信箱：service@readingclub.com.tw
香港發行所　城邦（香港）出版集團有限公司
香港九龍九龍城土瓜灣道86號順聯工業大廈6樓A室
電話：852-2508 6231
傳真：852-2578 9337
馬新發行所　城邦（馬新）出版集團 Cite (M) Sdn Bhd.
41-3, Jalan Radin Anum,
Bandar Baru Sri Petaling,
57000 Kuala Lumpur, Malaysia.
電話：+6(03) 9056 3833
傳真：+6(03) 9057 6622
讀者服務信箱：services@cite.my
麥田部落格　http://ryefield.pixnet.net
印　　刷　前進彩藝有限公司
初　　版　2020年2月
初版三刷　2023年12月
售　　價　280元

ISBN 978-957-8544-25-3

國家圖書館出版品預行編目資料

皮克威克奶奶4 驚奇魔法箱／貝蒂．麥唐納（Betty MacDonald）作；劉清彥譯. -- 初版. -- 臺北市：小麥田出版：家庭傳媒城邦分公司發行, 2020.02
面；　公分. --（小麥田世界經典書房；6）
譯自：Hello, Mrs. Piggle Wiggle
ISBN 978-957-8544-25-3（平裝）

874.59　　108019543